Pia♥キャロットへようこそ!!3

We've been waiting for you.

Roll around, summer has come, again.
I'd love to feel the sun with her smile as bright as it.

～上巻～

エフアンドシー　原作
ましらあさみ　著
畑まさし　画

PARADIGM NOVELS 150

〜登場人物〜

神無月《かんなづき》 明彦《あきひこ》

Ｐｉａキャロットでのバイトをきっかけに片想いだった高井さやかと知り合う。さやかに思いを打ち明ける間もなく４号店のヘルプに派遣されてしまうが、そこで様々な出会いを経験する。

高井《たかい》 さやか

本店でのバイトをきっかけに明彦と知り合う明るく、ちょっと意地っ張りな女の子。
明彦とは友だち以上、恋人未満の関係。

愛沢《あいざわ》 ともみ

２号店からヘルプとして４号店へやってくる最年少のウェイトレス。明るく天真爛漫な女の子。ぬいぐるみに囲まれているのが好き。

冬木《ふゆき》 美春《みはる》

４号店の新人ウェイトレス。さっぱりした性格で人当たりもいいが、自分の本音を表に出すのは苦手のよう。孤独が好き。

第一章　夏のはじまりI

思えば去年までの夏休みというのは、たいして目的も無いまま毎日が無意味に過ぎていたような、そんな気がする。何かが変わるのを期待しても、結局、何も起こらず、気がついたら夏が終わっていた……いつもそういう夏休みだった。

けど、今年の夏休みはちょっと違っていた。いや、ちょっとどころじゃなく大きく違っていた。こうして電車に揺られて車窓に広がる真っ青な海を見つめていると、確かに去年までの夏とは違うんだと、そう実感できる。

遡《さかのぼ》れば今年の4月のことだった。

俺《おれ》はバイトをきっかけに高井《たかい》さやかという女の子と知り合った。

実のところ初めて彼女の存在に気づいたのは、そのバイトよりずっと昔であった。彼女の方は全く知らなかったようだけど、高井とは中学から同じ学校だったのだ。残念ながら彼女と俺の接点は同じ学校に通っているという、ただそれしか無かった。クラスも部活も違い、共通の友だちもなく、ごくたまに昼休みに廊下ですれ違ったり、体育祭や文化祭といった校内行事で遠くに見かける程度だった。

そんなわけで、それまではずっと彼女とは言葉すら交わしたことも無かった。

ところが今年の4月、突然の転機が訪れた。

あれは今思い返してもドラマチックな展開だったと思う。

3年になった俺は進学する予定も無いこともあって、割とヒマを持て余していた。中学の頃まで必死になって打ち込んでいたバスケもスッパリ辞めていたので、放課後はもっぱら友人の家に転がりこんでは、ゲームをやったり、ビデオを観たり、たまにマジメに将来のことをあれこれ話してみたりという具合だった。

そんな調子だったから、姉貴の志保《しほ》ねーちゃんからは、毎日ぶらぶらしているぐらいなら少しは家の手伝いでもしなさい！と口やかましく言われたりしていた。家の手伝いといっても料亭の仕事など俺に向いているわけでもなく、そもそも親父《おやじ》の跡を継がず、兄貴に店を任せて、さっさと一人暮らしを始めてしまった志保ねーちゃんからそんなことを言われる筋合いは無いよなぁと思う。

しかし志保ねーちゃんの言うように、毎日ヒマを持て余しているわけにもいかず、遊び仲間の友人たちもバイトを始めたこともあって、俺も慌てて何か探すことにした。

とりあえず実家の料亭以外ならどこでもよかったのだけど、いざ見つかると、時間的に厳しかったり、場所が遠かったり、ちょっと自分には馴染《なじ》めないような仕事だったりとついわがままになってしまう。

ちょうどそんな時だった。志保ねーちゃんが務めているＰｉａキャロットというファミレスの本店で、アルバイトの募集をしている話を聞き、なかなかの条件の良さに面接だけでも受けてみようかという気になった。それまでも、友人というか悪友連中から可愛《かわい》い子がいるからと誘われ、何度か客として行った事もあったし、姉貴がそこの支店の店長をやっていたもんだから、まったく知らない所でバイトするよりはいいだろうという気分もあったのかもしれない。ともかく、そうと決まれば早いもので翌日には生まれて初めて書いた履歴書などというものを持ってＰｉａキャロットを訪ねていた。今でも事務所の一角のソファーに座り、緊張でガチガチだったのを覚えている。

幸運にも結果はその場でわかった。もちろん合格である。

なんでも、志保ねーちゃんが3号店の店長をしているという事を隠していたのが気に入られたらしい。まあ「神無月《かんなづき》」なんて苗字《みょうじ》はそう多くないので言わなくとも気づくだろうと思っていたし、俺としては特に隠すつもりは無く、聞かれれば答えるぐらいにしか考えてなかったのだけれども、ともかく合格は合格である。

バイトはその翌週から始まった。

最初は仕事のやり方もわからず緊張の連続だった。おまけにこの店には木ノ下《きのした》という苗字が3人もいて、それもまた慣れるまでが結構大変だったりした。

この木ノ下というのは、オーナーの泰男《やすお》さんをはじめとする一族だった。

木ノ下オーナー以外に、本店のフロアマネージャーを務める木ノ下さとみさんと、木ノ下留美《るみ》さんがいる。このさとみさんは、オーナーの息子であり今は2号店の店長を務める木ノ下祐介《ゆうすけ》さんと職場結婚していた。留美さんはその祐介さんの妹にあたる。

2人ともオーナーの関係者だからといってこれっぽちもそれを振りかざすこともなく、

それどころか何かと面倒を見てくれる本当にいい人たちだった。

そんなある日、俺と数日違いで新しいバイトが入ってきた。俺もまだ入ったばかりであったから、新入りが来るというのは味方が増えるみたいでちょっぴり嬉《うれ》しかった。

フロアマネージャーのさとみさんに呼ばれて、どんな奴《やつ》かワクワクしながら事務所に行った俺はドアを開けた瞬間、思わずその場でひっくり返りそうになった。

そこにはなんとあの高井さやかがいたのだ。

新しいバイトというのは彼女のことだった。

まったく、とんでもない不意打ちだった。この時、世の中にはこんなドラマチックな展開が本当にあるんだなぁとつくづく思い知らされた。だから俺はそれ以来、恋愛ドラマのありがちな運命的な出会いというものをバカにしないようにしている。

そんな劇的な出会いであったのだけれど、なぜか俺は高井とはまったくの初対面であるようなフリをした。気恥ずかしいせいもあるけど、なにより高井自身が俺のことを知らなかったようで、だったら俺の方から高井のことを知ってると言うのも恰好《かっこう》がつかないと思ったからだ。

そういったわけで簡単な自己紹介を済ませると、もうお互い話すこともなく、ただ仕事のやり方だとか、この店には木ノ下というのが3人いて……といったことを話題にするだけだった。それ以後の1週間も、高井と仕事以外の事で言葉を交わすことも無く、ただ毎日顔を見られるという以外は、学校にいるのとさして変わらない状態だった。

この辺りが恋愛ドラマとは違うところで、現実はそう甘くないのであるということも思い知らされた。

それでも、待てば海路の日和ありというか信ずる者は救われるのか、俺と高井の間は新人歓迎会を境に一変した。

その席でさとみさんが何気なく、俺と高井の通う学校が同じであることを話題にしたのだ。もっとも俺はとっくに知っていたわけだけど、それでもその話を聞いて、へえ、そうだったんだとわざとらしく驚いてみせた。あの時はつくづく自分はどんな事があっても役者になるのだけはやめようと心に誓った。

その歓迎会の帰り道、俺と高井は帰る方向が一緒だったため、歩きながら結構いろんな話をした。Ｐｉａキャロットのことはもちろんとして、進学するのかしないのか、好きな音楽はなんだとか、最近観た映画の話とか、話題はつきなかった。

その時、歩道橋から眺めた新宿副都心の夜景は、今までとはまるで違った印象だったのを覚えている……。

「高井って、前から思ってたよりユニークな性格してるんだな」

「……えっ」

「あ、いや、別にその変な意味じゃなくてさ……その、明るいっていうか、ノリがいいっ

ていうかさ……あ、怒った？」

「ううん、そうじゃないけど……だって、神無月くんとは会ったばかりなのに、どういう風に見られていたんだろうって……」

俺はすっかり舞い上がっていたせいで、高井とは先週出会ったばかりだという建前を忘れていた。

「あ……えーと、ほら、最初に事務所で会った時って、なんか口数少なかったし、結構、おとなしい女の子なのかなって」

「ああ、うふふ……あの時？　うん、だってバイトなんて初めてだったし、知らない人たちばかりで緊張してたんだもの、そりゃ借りてきた猫みたいになっちゃうわよ。だいたいそういう神無月くんだって、あの時はムスッとして何か怖そうな人だったわよ」

「えーーっ、そうだったかなー？　うーむ……まあ、確かにあの時は新人が来るっていうんで、いっちょビシビシ鍛えてやるかって意気込んでたからなぁ」

「なによ、あたしとたいして違わないくせに……」

「それでも俺の方が先輩なのは違いない。まあ、今後も何かあったら遠慮なくこの俺に相談したまえ、高井クン」

「べーっ、だ」

その夜以来、俺と高井は仕事以外の事でもちょくちょく言葉を交わすようになり、店が忙しいときは閉店後も一緒に残ってさとみさんたちを手伝ったりした。

高井が俺を呼ぶときの「神無月くん」が「明彦《あきひこ》くん」に、そして「明彦」に変わっていった頃から、俺も高井を身近に感じるようになっていった。

もう学校で顔を会わせても言葉も交わさず通り過ぎるだけの関係では無かった。

やがて5月が終わり、6月が過ぎ、7月に入った頃には高井に自分の気持ちを打ち明けよう、そう考えていた。

そして、この夏休みに高井の気持ちを確かめることが出来そうな、そんな予感がしていたのだ。

ところが……。

俺は今、電車に揺られ高井のいるあの街から遠く離れ、新しいバイト先である美崎《みさき》海岸に向かっている。

3日前、木ノ下オーナーから直々に美崎海岸にオープンする4号店のヘルプを頼まれたのだ。それも夏の終わる8月いっぱいまで……。

もちろん断ることもできた。木ノ下オーナーも無理して引き受けなくても構わないと言ってたのだし、本当はそうすればよかったのかもしれない。

そうすれば、夏の間は高井の側《そば》にずっといられたのだから。

俺はその日のバイトの帰り道、高井に4号店行きのことを告げた。

「ふーん、4号店のヘルプ？　いいなぁ、あそこ海が近いんでしょ？　少しは夏休みらしい気分、味わえるんじゃない？」

「……高井は気楽だな、夏休みの間、ずっと向こうで1人でやんなきゃいけないんだぜ」

高井の他人事のような言葉に、俺はちょっとムッとしていた。

本当は高井に止めてほしかった。ただ一言、行かないでほしい……そう言ってもらいたかったのだ。

「なに怒ってるのよ。決めるのは、明彦なんだし……気が進まないのなら断ればいいじゃない」

「べ、別に行きたくないなんて言ってないさ……もう決めてるから」

「……そう……じゃあ、引き受けるんだ？」

「……あ、ああ……まあな」

こうしてつまらない意地を張ったばかりに、4号店のヘルプを引き受ける羽目になってしまった。まったく情けない話である。

考えてみれば、あの時以来、高井とはまともな話もできないまま別れてしまった。

本当は見送りに来てくれるはずだったが、今朝方になって急用ができて来られないとの電話があったため、高井の顔を見ることなく俺は美崎海岸行きの急行に乗った。

そんなわけで別れのホームで高井が俺を泣いて引き留めるような一発逆転の奇跡的な展

開もなく、車窓に広がる海を眺めつつ、1人、むなしく缶コーヒーを啜《すす》っていた。

高井にとって、俺はただのバイト仲間でしかないんだろうか……。

それは、ずっと抱いていた不安だった。

今まで高井の気持ちを確かめたこともなく、ただいつの間にか、俺と高井は友だち以上の関係になっていた。でも、それは俺の思い込みに過ぎなかったといえないだろうか？

高井はあの通りわりと付き合いのいい性格だから、なんとなく気があるようなそんな錯覚を抱かせているだけなのかもしれない。

そういう経験をした奴を知っている。

クラスも一緒、塾も一緒、学校でお昼を食べるのも一緒の仲のいい女の子に、ある日、決心して告白したら、そういうつもりじゃなかったと言われて、その瞬間に真っ白に燃え尽きてしまったのはサッカー部の友人だった。それ以来、部活にも集中できずスタメンから外されるわ、期末試験はボロボロだわで見ていてこっちが辛《つら》くなるほど哀れだった。

その時は他人事でもあったから奴の気持ちは今ひとつ実感できなかったけど、今なら痛いほどよくわかる。

だから、正直なところ高井の気持ちを知るのが怖かった。

でもそのままでいたら、去年までの夏と何ひとつ変わりはしない。

何かが変わるのを望んでいても、つねに受け身で、周りが変わってくれるのを待つだけの、そういう夏にはしたくなかった。

いい加減、あの中3の夏に味わった苦い思い出を引きずることから卒業しなくては。


「お兄さん」

「……？」

我にかえると、いつのまにやら前の座席に女の子が座っていた。

ウサギの耳のような大きなリボンにくりりとした瞳《ひとみ》のお人形さんのような子だった。

「よかった、やっと気づいてくれた……さっきから、ずっと声をかけていたんですよ」

「あ、ゴメン、全然気づかなくて……」

「えへへ……あのよかったら、これ一緒に食べませんか？　1人じゃ食べきれないから」

無邪気な笑みで、スティック菓子を勧めてくる。

なんとも見るからに人なつこそうな女の子だった。世の中にはこういう子もいるんだなと俺はちょっとばかり感動しながら、お言葉に甘えることにした。

「遠慮しなくてもいいですよ。なんだったらぜーんぶ食べちゃってもいいですから」

「あはは、ありがとう……」

この子の笑顔を見ていると、高井との一件で沈んでいたさっきまでの気分が癒《いや》されるような、そんな不思議な気分になる。

Rocky

「……ひょっとして、お邪魔だったですか？」

「え？」

「お兄さん、なにかすごーく真剣な顔して考えごとしてたみたいだから……」

「あ、ああ……いや、別に大したことじゃないよ……でも、そんなに真剣な顔してた？」

「なんかこう、眉間《みけん》にしわよせちゃって、テストの時のしゅうさんそっくりでしたよ」

「テスト？　しゅうさん？？？」

「あ、しゅうさんっていうのは、学校の数学の先生で、名前が修《おさむ》だから、みんなしゅうさんって呼んでるの。その先生がテストをする時の顔とそっくりだったんです……こーんな感じで」

と彼女は、いきなり、そのしゅうさんのマネをしてみせたので、思わず俺は噴きだしてしまった。本当、面白い子だ。

「……ところで、キミ、1人みたいだけど」

「うん。お兄さんも？」

「ああ、終点の美崎海岸に用があってね」

「えっ、ホントに!?　じゃあ、ともみと一緒だね。本当言うとね、1人でちょっと寂しかったんだ……邪魔じゃなかったら、ここに座っててもいい？」

「どうぞどうぞ……俺も話し相手が欲しかったところだし」

「えへへ……お兄さんっていい人だね。あ、そうだ……えっと、愛沢《あいさわ》ともみといいます。短い間ですがよろしくお願いします」

「あ、俺は神無月明彦、こちらこそよろしく」

「かんなづき？　わぁ、なんかかっこいい苗字ですね……漢字で書くと、えーと、神……な……あれ、なってどう書くんだっけ？」

「無《む》だよ、それにお月さまの月。あきひこは明るいに彦」

「彦左衛門の彦？」

「そうそれ！　というか他《ほか》にひこは無いか。ともみちゃんのあいざわは愛に沢？」

「ピンポーン！　当たりでーす」

「問題はともみちゃんのともみか。うーむ、いろいろありすぎて見当がつかないな」

「ともみは平仮名なの。覚えやすいでしょ？」

「なるほど、うん、もう覚えたよ」

「えへへ……これでお兄さんとはお友だちだね」

「うん」

愛沢ともみちゃんか……こういう子が妹だったらさぞかし毎日楽しいだろうな。

俺は末っ子だし、志保ねーちゃんと兄貴とは歳《とし》が離れてるから、弟や妹がいる友人たちがいつも羨《うらや》ましかった。

「ふーん……お兄さんも長期バイトで美崎海岸に行くんだ。住み込みってところまでともみと一緒だね」

「そうだなぁ、夏休みだし長期バイトする人は多いけど、偶然にしては珍しいかもね」

「えへへ、バイト先も同じだったらスゴイかも」

「まあ、さすがにそこまで偶然はないだろうなぁ……ところで、さっきから気になってるんだけど、ともみちゃんの横にあるそれって……」

「あ、これ？　えへへ、人参《にんじん》のキャロちゃん。ともみのお気に入りなの……いつも一緒だから、これだけは自分で持っていこうと思って……ともみね、キャロちゃんがいないと眠れないの。こういうのって、やっぱり子供っぽいのかな？」

「さあ、どうかな……俺の親戚《しんせき》には大人《おとな》になっても、お気に入りのタオルが無いと眠れなかったりする女の人がいるから、そういうのって別に珍しくないんじゃないかな。それにほら、けっこういい年になっても、枕《まくら》が変わると眠れないって人っているじゃない？　それと同じようなものだと思うよ。それが枕だったり時計だったりぬいぐるみだったりと人によって違うだけでさ」

「よかった……本当はね、ともみだけ子供っぽいのかなぁって、ずっと悩んでたの。友だちからもいい加減キャロちゃん離れしたらって言われてて……でも、お兄さんのその話聞いたらちょっと安心しちゃった」

そうしてしばらく、ともみちゃんと会話に花を咲かせているうちに、いつの間にか終点である美崎海岸に到着していた。

楽しい話し相手がいると長い時間もあっという間に過ぎ去ってしまうものである。

駅から出ると昔ながらの風情と今どきのお洒落《しゃれ》な建物が仲良く並んだ、なかなか素敵な街並みが広がっていた。心なしか夏の日射《ひざ》しも都会とは違うように感じる。東京の夏は太陽とアスファルトや周囲のビルからの照り返しと、ついでに車やバスやその他もろもろの熱波の合わせ技で容赦なく攻撃してくるが、ここのはそういったものを近くの海や山が和らげてくれているようだ。

電車に乗ってる時には気づかなかったが、駅をはさんだ反対側には大小の山がどすんと腰を据え、その斜面にはみかん畑が続いていた。

段々畑など見たのは何年ぶりだろうか……。

「う～ん、さすがに東京とは違うなぁ……空気もうまい」

「お兄さん、お兄さん、ほら、海があんな近くに！」

ともみちゃんは興奮したように指さす。

駅前ロータリーから続く長い長い坂道の先には真っ青な美崎海岸の海が広がっていた。

来るとき車窓からさんざん眺めたとはいえ、駅前から望むその光景は、やはりひと味違い、なかなか感動するものであった。

俺もともみちゃんも、もうすっかり観光気分で浮かれて、山の合間に見えるなかなか立派な造りのお寺におおっ！とありがたく手を合わせながら感動したり、真っ黒に日焼けした活《い》きのいいオジサンたちと若者グループが何やら楽しげに談笑してる様子に興味を持って耳を傾けていると、それがサーファー仲間たちであることが分かって、思わず顔を見合わせて微笑《ほほえ》んだりした。

そこでふと駅前の大時計に目がとまって、約束の時間を思い出す。

「おっと、いけない……そろそろ、俺、行かないと」

「あ、ともみも……」

「……いろいろとありがとう。短い間だったけどともみちゃんと会えて楽しかったよ」

「ここでお別れなんて、ちょっぴり寂しいな……」

「うん……引っ越し先の電話番号とかわかれば教えたいんだけどね。それにあいにく俺、携帯も持ってないから」

「ともみも……でも……同じ街だし、ひょっとしたら、お兄さんとはまた会えるかも」

「そうだね。あれだけ偶然が続けば、ひょっとするかもね」

「……うん、きっと会えるよ」

「それじゃあ……また」

「うん……さようなら」

俺は後ろ髪引かれる思いでともみちゃんと別れると、駅前の近くの交番に立ち寄り、メモに書いた住所を尋ねた。坂道を下ると海岸通りに出るから、そこからならすぐわかるような距離らしい。バスの方が早いよと教えられたのでそれで行くことも考えたけど、駅前のバス乗り場の混み具合を見たら、結局歩いて行くことに決めた。

荷物の詰まったバッグを肩に担いで長い坂道を下りはじめるとなかなかその重さが身に堪《た》える。必要なものはあらかた引っ越しの荷物と一緒に送ってあったから、本当はもっと身軽なはずだったのだけれど、家を出るときになって、結局、あれだこれだと心配になり気がつけばバッグは不恰好にパンパンと膨れ上がっていた。

駅からは見えなかったけど、その坂道に沿って、これまた土産物屋やら若者向けの洒落た喫茶店などが軒を連ねていた。夏休みが始まったばかりだというのになかなかの賑《にぎ》わいだ。

駅前で見かけたようなサーファーたちがここにもたくさんいた。たぶん大学のサークル仲間かそんな感じの集団が、道端に止めてある鮮やかにペイントされたワンボックスカーを囲んで、なにやらワイワイと盛り上がっている。いずれも垢抜《あかぬ》けた恰好で男も女も真っ黒に日焼けしていた。なんだか俺とは無縁の別世界の住人のように見える。

俺といえばでっかいバッグを担いで、穿《は》きなれた古びたジーンズとこれまたいつもの愛用のシャツを重ね着しただけの、夏の海にそぐわないぱっとしない恰好だった。俺だけがこの場所で浮いているような、そんな気恥ずかしさがこみ上げてくる。東京と比べたら美崎海岸など観光地の田舎だろうとタカを括《くく》っていただけに、このギャップは大きかった。

そんなわけで俺はそそくさとその賑やかな通りを下ってしまい、ようやくひとけの少ない静かな場所へ出ると目の前の海を眺めながらゆっくり歩いた。

さらにしばらくすると目の前に海岸通りが現れた。

交番では海岸通りに出ればすぐわかると聞いたが、ぱっと見渡した限りでは、マンションやらテナントビルばかりが目立ち、どうも付近にそれらしい看板も店も見あたらない。

探そうにも、はたして右に行くべきか、左に行くべきかすらも見当がつかない。

どうしたものかと迷っていると、今来た坂道を下って、こちらに歩いてくる女の子がいたので、すがる思いで彼女に声をかけてみた。

「あの、すみません……ちょっといいですか？」

「……えっ」

女の子はびっくりした様子で俺の方を見つめた。

「ああ、どうも……あの、地元の方ですか？」

「は、はい……なんでしょうか？」

もう誰《だれ》の目にも明らかに俺を警戒している素振りだった。ちょっと近づくとずずっと後ずさりして、なかなか話を切り出せない。

「いや、あの、あやしい者じゃないですよ。俺、東京から来たんです……それで、えーと……あ、これを見てもらえばわかるかな」

俺は担いだバッグを地面にドスンと置き、住所を書いたメモ帳を取りだそうと、ごそごそと荷物を引っかき回した。

なんとも手際が悪いというか、その行動があやしかったのか、女の子はますます後ずさりして行った。

「ああ、ちょっと逃げないで、お願い、すぐ済むから……あれ、おかしいな、どこいったかな」

「す、すみません……そのう……そういうのだったら、間に合ってますから」

そう言うと逃げるようにその場から立ち去って行った。

「あ、ちょっと！　おーい！　……あーあ、行っちゃったよ……」

はて、間に合ってますって……うーむ、ナンパか何かと間違われたのだろうか。

それはともかく、どこかでもう一度場所を教えてもらわないと。近くに道を尋ねられるようなお店がないかと探してみる。少し戻ったところにパン屋があるので、そこで聞いてみるかと思った矢先、オレンジ色のニンジンを抱えた女の子が歩いてきた。

駅前で別れたはずのともみちゃんだった。

「あれ、どうしたの？」

「お兄さんこそ、こんなところでどうしたんです？」

「いや、それがバイト先のお店がどっちにあるのかわかんなくて……交番で聞いたら海岸通りに出たらすぐわかるよって言われたんだけどね……ともみちゃんは？」

「ともみのバイト先もこの近くなの。でも、どの道かわからなくて……」

「ふーん、どれどれ」

俺はともみちゃんの手にした地図をのぞき込んだ。なにやら暗号のような感じで、『駅こっち側《がわ》でおりる』『坂道（ながい、おおきなおさかなの看板）』『バス停』『きいろいへんな形のビル（インドカレー）』といったことがビッシリと書かれていた。

その下に唐突に道路らしきものが描かれ、大きな目印がしてあった。どうやらそれが彼女の目的地らしい。

「坂道を下りてくる途中のお店で聞いたんだけど、これじゃわからないな～って言われちゃって……」

「うん……確かに……」

笑いながら、その地図をもう一度見てみる。

目印の横にはニンジンの絵が描かれていた。ニンジン？

まさかとは思いながら、いちおうともみちゃんに聞いてみる。

「このニンジンって……まさか、Ｐｉａキャロットのことじゃないよね？」

「えっ……なんでわかったの？　ともみのバイト先ってそこだよ」

「へ？　なーんだ……あ、あはは。どうやら最後まで俺たちは偶然続きらしいね」

「えーっ！　じゃあ、お兄さんのバイト先ってＰｉａキャロットなの⁉」

「うん……本店からのヘルプなんだけどね」

「えへへ、ともみは2号店だよ……よろしくね」

「こちらこそ……おっといけない。えーと、もう一度、地図見せてくれるかな。ふーむ。

この道路が多分、そこの海岸通りだね……となると、左に折れて2つめの信号の先か……

なんだ交番で聞いたのと違ってずいぶん距離があるんじゃないか」

「すごーい、もう場所わかっちゃったの？」

「うん、もう大丈夫……さあ急ごう」


海岸通りに出てしばらく進むと、やがてひょっこりお馴染みの看板が現れた。

Ｐｉａキャロット4号店は夏の空に似合う、真っ白な外壁に赤い屋根の可愛らしい建物だった。さすが海岸近くの店舗だけあって、店先にはビーチパラソルの付いた屋外テラスが設けられ、駐車場横にはサーフボードを立てかける専用スペースまで用意されていた。

「わあー……きれい！　ねえ、お兄さん、早く早く」

ともみちゃんはウキウキしながら、駆け足で店内に入って行く。

外観こそ違うがこうして4号店を見ていると本店のことを思い出す。

緊張しながら面接を受けに行った時のこと……。

高井と親しくなってからのこと……。

昨日までのいろんな出来事が遠い昔のように感じられた。

ともみちゃんのあとを追って店の中へ入ると、そこはますます、あのお馴染みのＰｉａキャロットだった。内装や造りも本店とよく似ている。

出来たばかりだけあって、さすがにどこを見てもピカピカでチリひとつない。

「……お疲れさま。うふふ、暑かったでしょう？」

ともみちゃんとしげしげと店内を見渡していると、奥の事務所から女の人が現れた。

「はじめまして、店長代理の羽瀬川《はせがわ》朱美《あけみ》です。よろしくね」

「あ、いえ、こちらこそ。本店から来た神無月明彦です……えーと、彼女は……」

「愛沢ともみといいます。2号店から来ましたー」

「うふふ、神無月くんと愛沢さんね。話は聞いてるわ。2人ともベテランさんチームね」

「いえ、とんでもない……俺みたいなバイトが来て役に立てるかどうか……」

「あら、アルバイトでもここでは立派なベテランさんよ、自信をもって。新しいスタッフの中には未経験の人たちもいるから、いろいろ教えてもらえると助かるわ」

「そんな……ところで、あの……他の人たちは？」

「ええ、さっき電話が入ったから、そろそろ着く頃だと思うんだけど……とりあえず、そこにかけて待っててもらえる？　何か冷たいものでも用意するわ」

「あのー、制服ってもう届いてるんですか？」

ともみちゃんが遠慮がちに尋ねる。

「ええ、うふふ……ちゃーんと準備できてるわよ。あ、よかったら先に試着してみる？」

「えっ！　いいんですか？　わ〜い！」

「事務所の横に更衣室があるから、そこで着替えて。ロッカーにはみんなの名札を付けて置いてあるからすぐわかるはずよ」

「はーい、えへへ……それじゃあ、お兄さん、ともみ、先に着替えてくるね」

「あはは、どうぞどうぞ」

「店長代理、ちょっと……」

ともみちゃんと入れ替わる形で、今度は背の高い女の人が現れた。

こちらは店長代理の朱美さんとは対照的にどこかクールでちょっと近寄りがたい雰囲気の女性だった。

「明日の件ですが、雨天の場合にどうするか考えておいた方が、いいんじゃないでしょうか？　万が一という場合もあるでしょうし」

「うーん、そうねー。わかったわ、後で何か考えておくわ……あ、夏姫《なつき》ちゃん、ちょうどよかったわ……こちら本店から来てくれた神無月くん」

「はじめまして……本店から来た神無月です」

「マネージャーの岩倉《いわくら》夏姫です」

ニコリともせずに俺を見つめた。

「ところで……先輩、お店で夏姫ちゃんはやめて下さい」

「あ、ごめんなさい……うふふ、ついいつものクセで」

「クセでも困ります」

それからもう一度俺の方を見て、

「神無月くんといったわね？　自己紹介も済んだことだし、先に私《わたし》の方から仕事に関して簡単に説明しておきます。構わないわね？」

一応、訊《き》いてはいるが有無を言わせぬ迫力だった。

なんというか、その第一印象は、俺の苦手とする志保ねーちゃんそのものだった。

いかにも仕事に厳しいマネージャーといった雰囲気で、こりゃ本店の時のように気楽に仕事はできないなぁとそんな予感がしてくる。

「勤務スケジュールの詳細に関しては後ほど改めて伝えます。とりあえず男性スタッフが少ないので、あなたにはフロア以外にも、食材の搬入や倉庫整理なども担当してもらいます。それ以外は基本的には本店と同様の体制だと思ってもらって結構です。当然ながら規則その他も他店に準じ、これを守らなかった場合のペナルティーも同様です。とくに遅刻、無断欠勤は人手の少ない4号店に於《お》いては営業に支障をきたす恐れもあるのでくれぐれも注意して下さい……なにか質問は？」

「……あ……いえ……もう、全然まったく」

面食らっている俺を見て、朱美さんはおかしそうに言った。

「夏姫ちゃんって厳しそうでしょ？　でもね、これでも男の子にはけっこう優しいのよ」

「店長代理……いい加減なこと言わないで下さい。それとその夏姫ちゃんって呼ぶクセ、いい加減なおして下さい」

「うふふ、もう、冗談よ～……神無月くん、わざわざ東京から来てくれたんだし、少しはリラックスさせてあげないと」

「店長代理……この際、はっきり言わせてもらうと、いつまでもそんな学生時代のノリでは、お店の経営などとても任せてもらえませんよ。いいですか、そもそも今回の件にしたって、たまたま人手が足りなかったから、さとみさんの推薦で一時的に新店舗の店長を任せられただけで、8月の状況しだいでは他の人が店長を務める可能性だって十分あるんですす……私はですね、そうならない為にも、店長代理には責任のある立場なんだという自覚を持っていただきたいのです……ちょっと、どこ見てるの。あなたもよ、神無月くん」

「……へ？　あ、俺ですか？」

「男性フロアスタッフはあなたともう1人いるだけだから、与えられた仕事だけを適当にこなしてもらうようでは困るわ。聞いたところ本店ではウェイターだったそうだけど、先ほど説明した通り倉庫係や、掃除、場合によってはレジも受け持ってもらうから、そのつもりで」

「は、はい……その……頑張ります」

「夏姫ちゃん、お掃除だったら、私がやるわよー」

「店長代理には他にやっていただくことが山ほどありますっ」

ピシャリと朱美さんにクギをさす。

これはある意味、志保ねーちゃん以上の手強《てごわ》い相手かもしれない。

とはいえ、こういう人がいるからお店がうまく機能するわけで、苦手なタイプではあるけど、なにか言われたら素直に従うのが平和なやり方なのだろう。

「……あの……ところで、朱美さんと夏姫さんはどういう関係なんですか?」

さっきから2人のやり取りが気になっていたので、俺は遠慮がちに尋ねてみた。

「うふふ。夏姫ちゃん……じゃなくて、マネージャーとは小学校から短大まで一緒だったの」

「私の方が1つ後輩だけど」

夏姫さんが愛想無く答える。

「はあ、すると……朱美さんが先輩で、夏姫さんが後輩なんですか……へえ……」

「見た目は逆に見えると言いたいんでしょう？　その台詞《セリフ》は聞き飽きてるわ」

「あっ、すみません」

やはり俺はどうにもこの手のタイプは苦手なようだった。

朱美さんもそれに気づいたのか、気を利かせて俺に新しい制服に着替えてくるように勧めてくれた。おかげでようやく重苦しい空気から解放され、俺は1人更衣室に向かった。

事務所の横を抜けると裏口と倉庫などに続く廊下がある。男女に分かれた更衣室もそこにあった。こういう部分の作りもだいたい似たり寄ったりになるものなんだなぁと妙に感心しながら、廊下へのドアを開けた途端、どこかで見た女の子が突然目の前に現れた。

「おっと、ごめん……あれ？　キミは確か……」

「……ああっ！　あなたはあの時の……!?」

それは、来る途中、道を尋ねた、というかその途中で逃げられたあの女の子だった。

どうやら彼女もここのスタッフの1人のようだ。

ともみちゃんといい、この子といい、本当に今日はなんと偶然が多いことか。

「そうそう、あ、俺のこと覚えてる？」

「あの時の宗教屋さんですね!?　どうしてこんなところにいるんですか!?」

「へっ、宗教？　ちょ、ちょっと待った。あのね、それは多分キミの勘違いだと思うよ。

俺はね、ただ……あ」

とりつくしまもないとはこの事だった。女の子は慌ててフロアにいる朱美さんたちを呼びに行ってしまった。

彼女の話を聞いて飛んできたのはよりにもよって夏姫さんの方だった。

その陰に隠れるように先ほどの女の子の姿も見える。

「それで……そのあやしい男はどこに行ったの？」

「……ぐすん……その人です……来る途中からずっと私のことを追いかけて来て……」

「神無月くん……どういうことか説明してもらえるかしら？」

説明するのもバカらしかったが、それでも妙な汚名を着せられたままなのはたまらなかったので、俺は手短にここに来る途中のことを話した。

「というわけで、えーと……わかってもらえたかな？」

「あの……この人、本当にここの従業員なんでしょうか？」

「ええ、それは保証するわ。宗教の勧誘員でも英会話教材のキャッチセールスでもないから安心なさい。……もっとも、彼に下心があってあなたに何かしようとしたのかどうかまでは、私には判らないけれど」

夏姫さんが疑うように俺を睨《にら》みつける。

「もう、夏姫さんまで……勘弁してくださいよ、本当に俺は無実ですってば」

「と、神無月くんは言ってるわよ。どうするの、君島《きみしま》さん？　このままこうしているわけにもいかないと思うけど」

夏姫さんに言われてようやく決心したのか、ひょっこり顔を出してちらりと俺を見つめた。彼女に向かってニコリと笑ってみせるが、あまりにも引きつった笑顔のせいか彼女は再び夏姫さんの背後に隠れてしまった。

「そ、そういう笑顔をする人って、やっぱり……そのう……あやしい人だと思います」

「あううう～……だったら勧誘員でも壺《つぼ》の販売員でもキャッチセールスでも、キミの好きなように思ってもらって結構、もう勝手にしてくれい！　……といっても、名乗らないのもなんだから一応自己紹介しとくと、俺は神無月明彦。本店から派遣され今日付けでこの店で働くことになってる……よろしくね。それじゃあ」

それだけ言うと俺は更衣室に向かおうとまわれ右をした。

「……あの……」

「……？」

「ごめんなさい……えっと……君島ナナといいます……疑ってすみませんでした」

君島ナナちゃんはベソをかきながらも、ペコンと行儀よくおじぎをした。

黒髪がサラリと肩に垂れ下がる。

ちょっとトンチンカンなところもあるけど、どうやら素直な性格らしい。

「問題解決ということでいいわね？　それじゃあ、２人とも早いところ制服に着替えてらっしゃい」

真新しい制服はサイズもピッタリで着心地もいうこと無かった。

本店の頃と比べると微妙にデザインが違うのがちょっと新鮮だ。

どんな風に見えるのか気になり鏡を探していると、ドタドタドタという騒々しい足音と共に更衣室のドアが開いた。

「ふう、やばかったー……もう少しで遅刻するとこだったぜ」

ぬぅとぼけた顔が現れ、俺を見る。

まるでわんぱく坊主がそのまま成長したような、ちょっと愛嬌《あいきょう》のある顔だった。

「やあ、どうもどうも！　オレは木ノ下昇《のぼる》。新規採用のバイトです！　よろしく！　えーと……」

「神無月明彦……明彦でいいよ。こちらこそよろしく」

「ああ、すると本店が誇る心強いヘルプってーのは、ひょっとしてキミのコトかな？」

「心強いかどうかはわかんないけど、本店から来たのは合ってるよ……それより、いま、木ノ下って言ったよね？　もしかして、君はオーナーの……」

「ああ、木ノ下の関係者かって聞きたいんだろ？　まあ、確かにそうだけど……でもな、オレってどちらかというと木ノ下の中では異端児だからなぁ」

そう言いながら昇はさっさとシャツを脱ぎ、ロッカーにある制服に着替えはじめた。

「……というと？」

「つねに冷静沈着で生真面目《きまじめ》、つけ加えて見ての通りの男前……ホント、オレって全然、木ノ下の人間っぽくないんだよなー」

「あー、そのノリは間違いなく木ノ下一族だ」

「ぐさっ……そ、そおかなぁ？」

「しかし、予想はしてたけど、ここにも木ノ下家の人間がいるとは……」

「ああ、木ノ下だったら、他にももう1人いるけどな」

「もう1人？」

「ま、いずれイヤでも会うことになるって。さあ、マネージャーに睨まれないうちにぼちぼち行こうぜ」

フロアに戻ると真新しい制服に身を包んだ女性陣が、お互いを見合って無邪気にはしゃぐ姿があった。何となく照れくさく笑いながら俺と昇もその輪に加わる。

「うわあ、ナナちゃんすごくかわいい」

「てへへ、ともみちゃんも、すごくステキです、お人形さんみたいでよく似合ってますよー」

どうやら、ともみちゃんとナナちゃんはもうすっかり自己紹介も済ませ、友だちになっているようだ。そんな2人の楽しそうなやりとりを朱美さんがちょっと不安そうに見つめてる。

「朱美さん、どうしたんですか？」

昇が声をかける。

「ええ……その……ここまで大胆なデザインだと思わなかったから……こんなに露出していいのかしら」

「いやいや、全然ＯＫですよ。よく似合ってますよ、な？」

「……お、俺に振るなよ」

「ううん、遠慮しなくていいわ、神無月くん。制服のデザインはＰｉａキャロットの看板でもあるんだし……男性の意見も聞きたいの」

「あ、いえ……朱美さんもナナちゃんもともみちゃんも……みんなよく似合ってますよ。それに、制服もいいデザインだと思います」

「……本当？」

「ええ……確かに、その……胸元の谷間につい目が行っ……あ、いや……えーと、見た目にも涼しそうだし、夏の美崎海岸にはピッタリじゃないかと」

「うんうん、オレもおおむね同意見です」

「そう？　うふふ……だったら心配しなくても大丈夫かしらね」

「……それでは、サイズの方もみなさん問題はないですね？」

マネージャーの夏姫さんは事務的な口調でみんなに尋ねる。

制服には全く無関心といった素振りが、いかにも夏姫さんらしい。

「では、このまま明日の親睦会《しんぼくかい》についての説明と勤務スケジュールの打ち合わせを行いたいと思います……店長代理」

「はい。えーと、どうも改めまして、店長代理の羽瀬川です。全然頼りない新米店長ですけど、えーと……いつ来てもみんなが楽しんでもらえる、そんな素敵なお店にしたいと思います。一生懸命がんばりますので、どうぞよろしくお願いします」

パチパチ。ぺこりとおじぎをする朱美さんに向かって、ともみちゃんとナナちゃんが拍手する。

「よっ、大統領！　日本一！」

ついでにスパリゾートハワイアンセンターのオヤジのような昇のかけ声も飛ぶ。

「コホン。えーと、それと今日は来ていませんが、実はもう1人、冬木美春《ふゆきみはる》さんという方がいます。明日の親睦会には参加するので自己紹介はその時ということで……それで、その親睦会ですが、えーと、えーと……あれ、夏姫ちゃん、何ていう場所だっけ？」

「……はあ、もう……いいです、後は私が」

ごめ～んと手を合わせる朱美さんを後目《しりめ》に夏姫さんが引き継ぐ。

「明日の親睦会ですが、この海岸通り沿いを少し行った所にある桜森《さくらのもり》自然公園で行います。詳しい場所は後ほど地図を配りますので、そちらで確認して下さい。集合時間は午前10時。雨天の場合は前もって私か店長代理の方から中止の連絡を入れる予定ですが、先ほど見た天気予報では快晴なのでまずその心配はないでしょう。全員揃《そろ》ったところで正午までオリエンテーリング、その後、バーベキュー大会を予定しています。服装は自由ですが、なるべく動きやすいものを選んでください。なお参加費用は全てお店持ちなので心配はいりません。以上です」

まったく非の打ち所のない説明だった。なんだかどっちが店長代理かわからないけど、ひょっとしたら朱美さんと夏姫さんは、長年来こういうコンビを組んでいたのかもしれない。

ミーティングの後、夕方近くまで交代で接客の練習をした。俺とともみちゃんは曲がりなりにも経験者であるから、覚えることといったら4号店専用に新しくメニューに加わった4種類のデザートぐらいなもので気楽だったが、新規採用組の昇とナナちゃんの2人は覚えることも多くてなかなか苦労していたようだ。

なんとか一応形らしくなったところで簡易研修はおひらきとなり、俺は昇とともみちゃんと共に店を後にした。なんでも昇が社員寮を紹介してくれるのだという。

4号店に来るとき歩いた海岸通りを今度は逆行するように3人で歩く。昼間の刺すような日射しも、もうだいぶ和らぎ、海からの潮風と相まって心地よいぐらいだった。

すぐ脇《わき》を見るとそこには美崎海岸の砂浜が続いていた。さすがにこの時間だと海水浴に来た人たちもほとんど引き上げたらしく、浜辺に残っているのは夕日を待つようなカップルぐらいなものだった。

「2人とも、ずっと東京暮らしなのか？」

「ああ、そうだよ」

「昇さんは？」

「ああ、オレはずっと地元さ。ま、遊ぶ場所は東京より少ないけど、でもやっぱりここが一番だな」

「ともみもここが好き。自然がいっぱいだし、それに海がきれいだし……」

「そう！　……海だよ！　海といえば夏！　夏といえば水着！　ここには東京では味わえない男のロマンがあるのさ！」

「ロマンねぇ……」

「……昇さんのエッチ」

「いやだなぁ、じょ、冗談だって。でもさ、地元だからってわけじゃないけど、ここは本当、いい所だよ」

「ああ、わかるよ。こういう場所を知っちゃうと、東京みたいなゴミゴミしたところにかじりついてることがバカらしく思えるよな」

「だろ？　……男のロマンもあるし」

「いや、まあ、ロマンは置いといて……それより、寮ってまだ先なのか？」

「目の前に見えてるさ。ほら、そこ」

昇が指さした先には小さなホテルのような建物があった。一見、くたびれたようにも見えたが、近づくにつれて、それはなかなかどうして立派な建物だとわかった。その佇《たたず》まいから何となく、知る人ぞ知る避暑地の穴場的なホテルを彷彿《ほうふつ》させる。

「わあ、すごーい……」

「おい、寮って……これ、どう見てもホテルだろ？」

「うんにゃ。確かに元はホテルだけど、4号店にあわせて寮に改築したんだよ」

「ふーん……あやしいなぁ、話がうますぎる……なんか事情があるんじゃないのか？」

「事情？　……うーん……」

「何かあるのか？」

「しいていえば……夜中になるとロビーに置かれた鎧武者《よろいむしゃ》が歩き出したり、2階だというのに窓の外に不気味なじいさんが現れたり、壁の色紙に描かれた武者小路実篤《むしゃのこうじさねあつ》の仲良きことは美しきかなのカエルが突然動き出したりというウワサが……」

「はいはい……どうやらそっちの方は心配なさそうだよ、ともみちゃん」

「もう……昇さんったらー」

蝉時雨《せみしぐれ》の歓迎を受けながら、俺たちは元ホテル、今は寮へと続く緩やかな坂道を上り、玄関をくぐった。

「ただいまー！」

奥に向かって昇が威勢よく声をかける。

ところが、しばらく待っても誰も現れず、聞こえてくるのは蝉の鳴き声と……

『後生です、堪忍しておくれやす』

『ええい、クドイわ。ここまできて今さらイヤイヤはなかろう』

『あ〜れ〜』

という痛快時代劇のセリフだった。

「しょうがないなぁ、またテレビに夢中になってるんだ……オバさーん、昇でーす！」

「……おばさんって？」

「この寮の管理人だよ」

しばらくすると奥の部屋のドアが開いた。

「あーん、もう……ちょうどいいところだったのに」

何やらブツブツ言いながら、特大せんべいをくわえた女の人が、ドアの向こうから現れた。俺たちに気づくと慌ててせんべいをしまい、いそいそと駆け寄ってくる。

それはおばさんと呼ぶにはほど遠い、えらくまた綺麗《きれい》な女の人だった。

「ずいぶん早かったじゃない……あら、昇のお友だち？」

「こちら、東京から4号店のヘルプに来たスタッフ」

「あらら、やだ、ちょっと、お客さんならそう言いなさいよ……おほほほ……ようこそ、Ｐｉａキャロット4号店美崎寮へ。管理人の木ノ下貴子《たかこ》と申します」

「こっちの女の子が2号店……えーと、仲杉《なかすぎ》通り店の方だっけ？　から来た愛沢さん」

「はじめまして、今日から1ヵ月間お世話になります、愛沢ともみです。ふつつか者ですがよろしくおねがいしまーす」

「あらあら、まあ、お行儀のいい子ねー……おせんべい食べる？」

「えへへ、わあい、いただきま～す」

「んでもって、こっちの影の薄いのが……えーと……」

「おいおい、なんだよそれ。あ、どうも、お世話になります、本店から来た神無月といいます。えーと……いろいろご面倒をかけると思いますが、よろしくお願いします」

「あらら、そんなにかしこまらなくてもいいのよ、こちらこそよろしくね～……うふふふ」

「……き、気色悪う～」

「うるさいわね、あとで覚えてらっしゃいよ」

キッとした顔で昇を睨む。

「な？　これがもう1人の木ノ下ってわけさ。このホテルも元はオバさんとこのものだったんだ」

「まあ、そういうわけでここは勝手知ったるなんとやら、ン十年と暮らしているから、なんでも聞いてね」

「へえー……ということは、40年ぐらいになるんですか？」

などといきなりともみちゃんはとんでもないことを口走る。

「おほほほほ、そう、よく言われるのよね～……って、バカおっしゃい！　ふう、この娘《こ》にはあとでお仕置きが必要のようね」

「あ～ん、冗談ですよー、ゴメンなさ～い」

「うむ、わかればよろしい……さてと、ああ、そうそう、2人の荷物は部屋の方に運んであるから、あとはてきとーに自分たちでやっちゃって。とくに寮の規則とかはないけど、ま、なにか困ったことがあったら遠慮なく言ってちょうだい」

「はい。あ……そういえば、トイレとかお風呂《ふろ》は……」

「トイレは各階共同。お風呂は1階の大浴場よ。まあ、ワンルームマンションのような快適さはないけど、1つ屋根の下の大家族だと思えば楽しいわよ」

「大家族ですか、あはは、なるほど……あれ、ということは俺たち以外にも住む人がいるんですか？」

「あら、聞いてないの？　店長代理の羽瀬川さんも一緒よ」

「……朱美さんも？」

「ついでにオレもな」

「昇も？　あれ、だってお前は地元じゃなかったのか？」

「ま、まあ、そう堅いこと言うなよ～」

「ぐうたらしてるから家から追い出されたのよね～」

「オ、オバさん、ひどいなー」

ということは管理人の貴子さんを含めて、ここに住むのは、朱美さん、ともみちゃん、昇、そして俺の5人か……。うーむ、何とも賑やかそうなメンツだ。

「それじゃ、昇、寮の案内は頼んだわよ」

「はいはい……って、管理人はオバさんでしょ！」

「あーもう、面倒くさいわねー……いいわ、じゃあ、上がってちょうだい」

貴子さんに案内され俺たちは1階にある大浴場ののれんをくぐった。男女に分かれてる入り口がいかにも元ホテルという感じだ。

「はい、ここが共同のお風呂場……24時間好きなときに入れるわよ」

「うわっ、ろ、露天風呂⁉　……しかも、本格的だし」

さすが観光地のホテルだっただけのことはある。どこから見てもそれは威風堂々とした純和風の岩風呂だった。もちろん外からは覗《のぞ》けないように柵《さく》で仕切られてあったけど、その向こうには美崎海岸に沿ってそびえ立つ山々が一望できた。

夕日を浴びたそれらは黄金色に染まり、実に絶景かなであった。

「いちおう中も男女に分かれてるけど、まあ、その辺はてきとーに」

なにが適当なんだか……。

「お兄さん、これ、なにかな？」

ともみちゃんは入り口脇に置かれた昔懐かしい冷蔵庫の中にある、不思議な形をしたビンを見つめていた。

「やーねー、近頃《ちかごろ》の若者は。ラムネも知らないの？　これはね……」

貴子さんはビンを取り出すと、慣れた手つきで栓を開けてともみちゃんに手渡した。

ともみちゃんはちょっと戸惑いつつも、貴子さんに勧められるままビンに口をつける。

「わあ……おいしいー！」

「うふふ……気に入った？　風呂上がりに飲むともっとおいしいわよ〜」

「それじゃあ、部屋に案内するわ」

来る時にわかってはいたけど寮は3階建てになっていた。さすがにエレベーターは無く各階へはカーペット敷きの階段を利用する。

1階は先ほど覗いた大浴場と、貴子さんが言うところのフロント……つまり管理人室。2階と3階は同じ造りらしく、それぞれに個室が5つと、共同のトイレがあった。屋上へも自由に行き来できて、洗濯物を干す場合はそこを利用するといいとのことだ。

「ここが2階。一番奥の突き当たりの204号室が愛沢さんの部屋ね。神無月君は3階」

「そんじゃあ、オレも2階だし、ともみちゃんの荷物片づけるの手伝うよ」

「うん。お兄さん、じゃあ、また後でね～」

そう言って昇とともみちゃんは奥の部屋へ行った。

あいつ、けっこう軽いからなぁ、2人きりなのをいいことに、ともみちゃんに変なコトしなけりゃいいが。

そんなことを心配しつつ貴子さんに案内されて3階に上る。

「えーと、キミの部屋は303号室だったわね。はい、これが鍵《かぎ》」

「……あ、どうも」

貴子さんから部屋の鍵を受け取ると、一番奥の部屋へ向かい、ガチャリとトビラを開けてみる。

不思議なもので不吉なコトが起きる前というのは、必ず予感めいたものがあるものだ。

ドアを開ける直前にまさにそういうものを感じた。

部屋の中をじっくりと確認するまでもなく、そこは朱美さんの部屋だった。

なにせそのご本人が、俺の目の前で今まさに着替えの真っ最中だったからだ。

しかも、ショーツ一枚を身につけただけの、もうほとんどそれは全裸に近い状態で、前屈《まえかが》みのまま突然の侵入者である俺を唖然《あぜん》と見つめている。

南国果実のような乳房はとてもきれいな形をしていた。

「えっ……！」

「あ……？」

俺はすばやくドアを閉じ、それからドアの前でもう一度これを開いて今すぐ朱美さんに謝るべきか、開けるのはまずいからドアの前で大声で事情を説明するか迷った挙げ句、とにかく大至急、貴子さんを呼び戻すことにした。

「あらら、まあ、羽瀬川さんの部屋だった？　ゴメンなさいねー、うっかりしてたわ……えーと、そうそうキミの部屋は1階…………だったかしら？」

「かしらって俺に聞かないで下さいよ！　……と、とにかく、あとで朱美さんにちゃんと事情を説明して下さいね。じゃないと俺、バイト中、ずっと朱美さんの冷たい視線を受けることになるんですから」

「はいはい大丈夫よ。それに羽瀬川さんは人間ができてるから、おっぱいの1つや2つ、キミみたいな青二才に見られたところで何ともないわよ～」

「そ、そんな無責任な」

「……何ともなくないです」

その声に後ろを振り返ると、着替えを済ませたばかりの朱美さんが、真っ赤な顔をしてこちらを睨んでいた。

「あ……あ、さっきは……あの……えーと……」

「事情はだいたい聞かせてもらいました……事故じゃ……仕方ないわね……」

「そうそう、事故だものね～、あはははは」

「でも、見られたのは事実ですっ……貴子さんも、反省してください」

「あはは、あー、ハイハイ。以後、気をつけますわよ～」

「こんなことで仕事に支障をきたしたくないの……だから神無月くんも、もう忘れて」

「あ、は、はい……だ、大丈夫です、その……えっと……ほ、ほとんど見てなかったですから」

本当はすっかりあの光景が目に焼きついていたのだけど、さすがにそんなことを言えるはずもなかった。

「…………そ、そう」

朱美さんは恥ずかしそうに頷《うなず》くと、そのまま静かに自分の部屋へ戻って行った。

わざと覗いたわけでないにしても、俺の印象はこれでそうとう低落したような気がする。

本当の俺の部屋は1階の管理人室の隣にあった。それでもさすがに今度は用心のため貴子さんに先に入ってもらった。すぐ隣なんだから間違えようなんてないんだよな。

部屋の中には昨日届いたらしい俺の荷物が積まれてあった。配送の手違いはないか1つずつダンボールを開けて中身を確認する。

「キミは自炊とかするの？　部屋にはキッチンがあるからいちおう簡単な調理はできるけど……」

「お湯だけ沸かせれば十分です。コーヒーとカップラーメンがあれば生きていけるんで」

ダンボールのチェックを済ませようやくひと安心して、ふと窓の外に目をやる。

「へえ……海も一望できるし、1階のわりにはなかなかいい部屋ですね」

「でしょう？　本当言うとね、ここは使うつもりは無かったのよ……でも、あなたは男の子だから特別に使わせてあげるわ」

貴子さんは昔を懐かしむように部屋を見渡している。

「あの、この部屋に何か特別な思い出でも？」

「……ええ……」

やけに長い間を置いてから、

「実はココ、改築前は開かずの間だったのよね～、まあ、けど、キミは男の子なんだし、大丈夫でしょう！　そういうわけでがんばってね。それじゃあ～！」

不吉なことを言い残し、貴子さんは部屋を出て行った。

おいおい、開かずの間って……。

なんとなく不安ではあるけど、ともあれ居場所を確保できたのはいいことだ。

さっそく部屋に積まれたダンボールを片づけていく。とはいっても大した荷物は持ってきてない上、冷蔵庫は備え付けだったので、大仕事となったのはテレビとＡＶデッキのセッティングぐらいなものだった。

ようやく落ち着ける環境になると急に空腹になった。

そういえば今日一日、食事らしい食事してなかったっけ。

ここに来る途中にコンビニなんてあったかな。観光客向けの土産物屋とかマリンスポーツの店はたくさんあったけど。

こんなことなら、貴子さんに聞いておくんだった。夕食なんて普段は高井たちとＰｉａキャロットで済ませてたもんな……。

そうだ……こっちに着いたら電話すると約束してたんだっけ。

今朝の見送りにも急用とかで会えなかったせいもあって、無性に高井の声が聞きたくなった。電話が通じているのを確かめると、夕食の心配などすっかり忘れ、バッグから手帳を取りだし高井の電話番号を確認する。

こういうとき、携帯があると便利なんだけど、あいにく俺も高井も携帯は持たない主義だった。いまどきこういうのは珍しいと思うが、だからこそ高井とは気が合うのかもしれない。なんてことを考えながら、呼び出し音に耳を澄ましてみる。

しかし、いくら待っても電話の向こうに高井が出る様子は無かった。

さらに3コールほど粘ってから諦《あきら》めて受話器を置いた。どうやら留守のようだった。

あのいつもの軽口が聞けないとなると寂しいものだ。

そもそも今朝の急用って何だったんだろう。見送りに来られないほどの重要なことがあったのか？　それとも俺の見送りなど高井にとって別にどうでもいいことだったんだろうか……。

初めての美崎海岸の夜は寂しいほど静かだった。聞こえてくるのは海岸通りをたまに横切る車と、部屋にあるエアコンが唸《うな》る音だけだった。窓の外に広がる海はすっかり夜の闇《やみ》に包まれていた。そんな中で灯台の光だけが煌々《こうこう》と輝いている。

いつまでもつまらないことを考えてる自分に、我ながら女々しい男だなぁとうんざりしたが、住み慣れた東京を離れての初めての1人暮らしの夜は、いやでも人肌恋しくなるものだ。

結局、夕食も食べず、俺はベッドに横になり、明日の親睦会のこととか、朝一番に高井に電話してみようとか、あれこれ考えているうちにそのまま眠ってしまった。

第二章　親睦会《しんぼくかい》

ドアをノックする音で目が覚めた。枕元《まくら》の時計を見るともう朝の9時過ぎである。

「お兄さん、起きてよ。そろそろ時間だよー」

それがともみちゃんの声であり、ここが自分の家でなく寮の部屋だと理解するまで、ほんの少しかかった。

慌てて着替えを済ませドアを開けると、すっかり支度の済んだともみちゃんと、その後ろにはあのとぼけた顔があった。

「よっ、おはようさん……冬眠から醒《め》めたクマみたいな顔してるぞ」

「あー、おそろしくタップリ寝たような気がする」

「あれからね、みんなでUNO大会やろうって、お兄さんのこと呼びに来たんだけど、全然、出てこないんで心配しちゃったよ」

「ごめんごめん、きっと爆睡モードだったんだろうな〜」

「そんじゃ、ぼちぼち行こうか」

寮を後にし、自然公園に向かいながら、昨日と同じように3人で海岸通りを歩く。

エアコンが効いてる部屋と違って、昼前だというのに外はすでに容赦のない真夏の暑さだった。

「こんな天気なんだし、どうせだったら、浜辺の方がよかったのになぁ」

浜辺でオイルを塗る水着姿の女の子たちを見つめながら、昇は溜《た》め息《いき》まじりで呟《つぶや》いた。

なんとなく分かる気もする。こんな暑さの中、目の前の海がおあずけなのは辛《つら》い。もっとも昇の目当ては違うようだが。

「でも、オリエンテーリングも、探検ごっこみたいで面白そう」

「探検ごっこか。あはは、確かに……まあ、海は逃げるわけじゃないからね」

「そうだな……なんといっても今日の目玉はバーベキュー大会にあるわけだし……よーし、食うぞー！　食って、食って、食いまくってやるー！」

「昇さんって面白い人だね」

「本能に正直なだけだったりして……」

自然公園は思っていたよりも大きな場所で、その名の通り、森あり、池あり、おまけにハイキングコースや、サイクリングコースなんてものまである至れり尽くせりの公園だった。青々とした緑に囲まれていると、不思議と心が安まり穏やかな気持ちになる。朝とかジョギングしたら気持ちいいだろうな。俺《おれ》はすっかりこの場所が気に入ってしまった。

集合場所のバーベキュー広場に到着すると、すでに朱美さんと貴子さんの姿があった。どうやら2人は準備係らしく、傍らにはバーベキュー用の食材やら食器が詰まったダンボールが置いてあった。

「おはよう、早いわね」

「あ……お……おはようございます……」

朱美さんは昨日のあの一件など無かったように明るかった。

一方、俺といえば、朱美さんを見るとついあの時の姿を思い浮かべてしまい、まともに顔すら見られなかった。こういうところでオトナと子供の違いが出るんだろうな。

「……天気予報通りでしたね」

「うふふ、本当、晴れてくれて助かったわ。せっかくの親睦会ですものね」

「そうそう、せっかくのバーベキュー大会だもの～♪」

貴子さんは今にも鼻歌の1つも出てきそうなほど楽しそうな様子だった。どうやら目的は昇と同じらしい。うーむ、さすがは木ノ下一族。

そうこうするうちにようやくみんな揃《そろ》い、オリエンテーリングの概要が伝えられた。

夏姫さんの説明によると公園内の5箇所に用意された目印の旗を見つけ、その旗の色を手持ちの地図に書き込むというものだった。とはいえこんなに広い公園を全く手がかりがないまま、旗を探して来い！ではグリーンベレーか海兵隊の訓練になってしまうので、あらかじめ地図にはだいたいの位置が記されている。

「全ての旗を見つけられなくても1時には全員この場所に戻って下さい。早く旗を見つけた人たちからバーベキュー大会に参加できます。なお、行動するにあたっては2人一組でペアを組んで下さい」

こういう時でも夏姫さんの口調は変わらなかった。

それにしてもペアか。いきなりそんなこと言われても誰《だれ》と組んでいいのやら。

こういう場合、男の方から声をかけるのは露骨にその子に気があるみたいでなかなか気が引ける。面倒だからいっそ昇でも誘うかとそちらを見ると、ナナちゃんを誘っている最中のようであった。

昨日ちらっと話をしたが、昇は身近な女の人というと年上の貴子さんぐらいなもので、それが影響しているのか、どうも年上より年下の方が好みらしい。俺は貴子さんみたいな人は嫌いじゃないが、昇にしてみれば俺にとっての志保ねーちゃんみたいな存在なんだろう。どうやら話はまとまったようで、昇とナナちゃんはお互い遠慮がちに地図をのぞき込みながらどこからまわろうか相談しはじめた。

ひょっとしたら昇はナナちゃんに気があるんだろうか、などと余計なことを考えてるうちに朱美さんと貴子さんがペアになり、当番役でここに残る夏姫さんを除くと、あとは俺とともみちゃん、それと今日が初顔合わせになる冬木美春さんだけになっていた。

どうしたものかと迷っていると、ともみちゃんの方から声をかけてきた。

「お兄さん、えへへ……ともみとペアになってくれる？」

「俺と？　あ、いや、それは別に構わないけど……」

「よかった。美春さんも一緒でいいよね？」

「そうか、ペアだと1人余っちゃうんだな……うん、じゃあ、3人で行動しようか？」

よろしく、と美春さんに挨拶《あいさつ》をする。

冬木美春さんは、腰まである長い髪を黒いリボンで2つに束ねたスラリとした印象的な美人だった。

ジーンズにブラウスというラフな恰好《かっこう》も着こなしが上手《うま》いせいか都会的に見える。俺やともみちゃんより年上だが、朱美さんたちよりは若いといったところだろうか。

「どうも、本店から派遣された神無月といいます……それじゃあ、行きましょうか？」

しかし美春さんは、何だかちょっと困ったような顔をして、ええ、と一言呟くように言っただけであった。同じスタッフとはいえ見ず知らずの男が相手では警戒されて当然かもしれないか。

とりあえず俺たち3人は地図を頼りに、一番近くにある池の周辺を目指すことにした。

「あのー、美春さんは、地元の人なんですか？」

ともみちゃんが尋ねた。

「……えっ……あ、ううん……実家は東京よ。昨日、こっちに越して来たけど」

「じゃあ、ともみやお兄さんと一緒だね」

「……お兄さん？」

「あ、えへへ……明彦さんのこと。お兄さんとは来るとき電車で一緒だったんです」

「……そう」

「お店の方にはもう行ったんですか？」

「ううん、まだなの。昨日はちょっと忙しくて」

「じゃあ、まだ4号店の制服って見てないんだ……美春さん、スタイルいいからきっと似合いますよ」

「うふふ……そんな。どんな制服なの？」

「えっとねー、フローラルミントって名前で、腰のところに大きな羽みたいな飾りがあって……」

美春さんは俺の方を振り向きもせずにともみちゃんと会話を続けていた。

和気あいあいの2人を余所に何だか俺だけすっかり仲間外れという気分だった。

ひょっとして俺は女の子ウケが悪いんだろうか？

それから10分しない内に1つめの旗がある池に着いた。

「えーと……地図ではこの辺りなんだけど……」

「ともみちゃん、ほら、あれじゃないかしら？」

美春さんが指さした池の側《そば》のボート小屋に小さな青い旗がかかげられていた。

そんな調子で俺たちのグループは順調に3つの旗を探し当てていった。

途中、サイクリングコースの道端で、朱美さんと貴子さんのペアが地図とにらめっこしながら途方に暮れていたのを見かけた。今朝早く来て旗を準備したのは、外でもないあの

2人なのに大丈夫だろうか。

一方、俺たちはさらに4つめの旗を見つけ、これで残すは1つのみになった。もっともそのうちの3つは美春さんが発見し、俺が見つけたのは1つだけだったのだが。

美春さんが3つ目の旗を見つけた時だった。

「美春さんって目がいいんですね」

話のきっかけをつくるために声をかけた。すると返事もないまま、胸元からすっとメガネを取り出し、それを当たり前のようにかけ地図を確認すると、また外し、

「次はこっちね」

そう言って、ともみちゃんの手を引いてさっさと行ってしまった。

その後も美春さんは俺とは一切口をきかずに、ともみちゃんとばかり話していた。たまにともみちゃんから俺に話を振られても、へえ、とか、そう、といった短い言葉で片づけられてしまい、まともな会話にすらならなかった。

これはもう思い込みなどではなく、明らかに俺を避けてるといった感じだ。

初対面の相手にここまで嫌われることなど今まで無かった。もちろん昨日のナナちゃんとの一件は例外だが。なぜそうまでして美春さんに嫌われるのか、その理由をいろいろと考えてみたが、まったく思いあたらない。以前にどこかで会ったということも考えてみたが、美春さんほどの印象に残る女性ならば一度会えば忘れるはずもない。あるいはただ俺

みたいな男がよほど苦手なのかもしれない。もしくは男が苦手とか。それなら説明はつく。けど本当にそうなら、Ｐｉａキャロットのような男性客が多い店で仕事など務まるものだろうか？　やっぱり他《ほか》に理由があるんじゃないかと思いながら、２人の後について、５つ目の旗のある場所へ向かった。

５つ目の旗はハイキングコースから少し離れた森の中にあり、かなりの難関だった。地図では簡略化されているが目印となるハイキングコースはかなり複雑だったため、あっちをうろうろこっちをうろうろする羽目になってしまった。見落とした可能性もあるので、途中、立ち止まって俺たちはもう一度今来た道を確認するため地図を広げた。

やはりどうも地図の道と実際のそれは違っているように思える。しかし地図に描かれたアスレチック施設の位置はだいたい合っているので、やはりこの道で正しいらしい。

本当なら反対側……つまりスタート地点近くの斜面を真《ま》っ直《す》ぐ上ればいいわけで、これほど迷う必要は無かったのだ。それを少しでも近道をというので、わざわざ判りにくい方向から旗のある地点を目指すような形になったからしなくてもいい苦労をしている。

さすがにこれだけ歩くと疲れるもので、どうせなら一休みしましょうかと美春さんが提案した。俺も賛成だったが、ともみちゃんだけはまだ元気なようで、もう少しだけ先に行ってみると言い残し、そのまま斜面を上っていった。

美春さんと２人になると、あっという間に空気が重たくなった。

それでも話をするなら今しか無いと思った。

「あの……俺、ひょっとして、嫌われてるのかな？」

「えっ……」

「さっきから……というか最初から美春さんに避けられてるような気がするんですけど」

「……」

「気にくわないことがあるんなら、はっきり言ってもらった方が気が楽です……一応、俺もフロアスタッフだし、これからはお互い顔をつきあわせて仕事するわけですから」

「………」

「生意気な奴《やつ》だって思ったでしょ？」

「……べ……別に……」

「別に……ですか」

「……」

「ま……Ｐｉａキャロットでは、仲良く……とまでは言わないですけど、うまくやれるといいですね」

「……」

「ほら、一緒の職場になったのも何かの縁……」

「行きましょうか」

皆まで言い終える前に美春さんは立ち上がり、そのままともみちゃんが向かった先へ、すたすたと歩いて行ってしまった。

慌てて俺も後を追う。

正攻法ならうまくいくと思ったのが甘かった。やはり俺は相当嫌われているらしい。顔が気にくわないとか、性格がイヤだとか、ともかく理由だけでも言ってくれさえすればそれでよかった。別に無理して好かれようなんて思わない。誰だってウマが合わないタイプというものはあるものだ。

ひょっとすると美春さんにとって、まさに俺はそういう存在なのかもしれない。だとしたら、もう言うだけムダなのかも。

それから10分ほど美春さんと歩いた。

しかし一向にともみちゃんの姿は見えてこなかった。いくらともみちゃんが元気とはいえ、こんなに先まで1人で行くとは思えなかった。第一、地図は美春さんが持っているのだ。となると答えは1つ。ともみちゃんをどこかで見失ったのだ。途中から道と呼ぶより雑木林の中の獣道といった感じだったし、進んだ方向が違う可能性は十分あった。

これはちょっとというか、かなりまずいコトになったかもしれない。

美春さんと共に地図を確認する。しかしこんな雑木林の中では何の役にも立ちそうにもなかった。

「手分けして捜した方がいいかな」

美春さんが呟く。俺も同じことを考えていたが、今度はお互いが迷子になる可能性だってあるので、どうしたものかと迷う。

「おーい！　そんなところでなにやってんだー？」

見ると、今上ってきた下の方で、手を振る昇とナナちゃんの姿があった。

とりあえず2人と合流して、ともみちゃんとはぐれてしまったことを伝えた。

昇の説明によればどうやら俺たち3人は最初から道を間違えていたらしい。ハイキングコースだと思い込んで歩いていた道は1つ向こうにあったのだ。どうりで険しいわけだ。

「いくらお前が都会育ちだからって、普通、おかしいと気づかないか？」

「いやあ、こういうワイルドなハイキングコースもあるのかなって……」

「あのなー、こんな山道、地元の人間だって歩かないって」

「あ、あははは……そ、そうなんだ」

「……ともみちゃん、無事だといいですけど」

ナナちゃんが心配そうに呟く。

ともかく俺と昇は美春さんとナナちゃんをその場に残し、ともみちゃんとはぐれた場所まで戻ることにした。

深い藪《やぶ》をかき分け、すべり落ちそうな斜面を必死で上る。熊《くま》か猪《いのしし》が出てきても不思議じゃないような雰囲気だった。

ようやくまともに歩ける場所まで辿《たど》り着《つ》いて、その先を見やると、そこはもう本格的な樹海といった様子で、このまま進んだら今度は俺たちが遭難しそうな感じだった。

「参ったなぁ。こりゃ、一度、朱美さんたちのところに戻って、応援を呼ぶしかないぜ」

「そんな……ともみちゃんを置きざりにして帰るっていうのか？」

「お前の気持ちもわかるけどさ、オレたちまで遭難したら元も子もないだろ。それにひょっとして、ともみちゃん、もう朱美さんたちの所に戻ってるかもしれないし」

「……わかった。それじゃあ、昇は美春さんたちを連れて戻ってくれ。俺は１人でも捜すよ」

「無茶だって……おい、明彦。ったく頑固な奴だなぁ」

さっさと歩き出そうとした俺を昇が呼び止める。

「おい……今……何か、聞こえなかったか？」

その場で立ち止まって耳を澄ます。

「あっちだ！」

今来た道を戻るように進むと、斜面の下にうずくまって泣いてるともみちゃんがいた。

「……ともみちゃん！」

「ぐすん……お兄さん……」

安心したのか、俺の顔を見た途端、ともみちゃんは、わーっと泣き出した。

昇に呼ばれ美春さんたちも駆けつけてきた。

「怪我《けが》は？　足……くじいてるんだね？」

「ごめんなさい……ともみ……みんなに心配かけちゃって……白いのが見えたから……それで……ぐす……てっきり旗だと思って……」

見るとそれは『暴れイノシシに注意！』と書かれた看板だった。

うーむ、どうやら本当にこの辺りには猪が出るらしい。

「そう……でも、よかった、ともみちゃんが無事で」

美春さんは優しくその肩に手をかける。

「いいの……泣かないで。戻って一緒にお昼食べましょう……ね？」

「……うん」

ともみちゃんの足の怪我は軽い捻挫《ねんざ》のようで歩けないほどのことでは無かったけど、念のためということと、またずり落ちて遭難しないためにも山道を抜けるまで俺が背負うことになった。重たいようなら途中で昇が交代してくれることになっていたが、ともみちゃんが軽かったのと、帰り道は下りだったこともあり、たいした苦ではなかった。

なにより、背中に感じるともみちゃんの温もりが心地よく、それは丁度、子猫を抱きしめたような感じに似ていた。

そんな俺を昇は羨《うらや》ましそうに見つめてナナちゃんに言った。

「……オレも背負ってあげようか？」

「えっ……い、いいですぅ……自分で歩けますから」

恥ずかしいのか、本当にイヤなのか、かなり微妙な表情でナナちゃんは昇の申し入れを断った。

バーベキュー会場に戻ると、俺に背負われたともみちゃんを見て、朱美さんたちがびっくりしたように駆けつけて来た。１時を過ぎても俺たちが戻らないので心配していたらしい。

とにかく傷を見せてと朱美さんはともみちゃんをイスに座らせると、膝《ひざ》に手をやり、足を曲げたり伸ばしたりさせては、痛むかどうか聞くというようなことを何度か繰り返した後、どうやら大丈夫ねと言うと、こんな場合に備えて持ってきていたという救急箱から消毒液やらバンソーコーを取り出し、一通りの手当を済ませた。

こういう経験を何度もしているのか、ずいぶん慣れたものだなぁとそんな朱美さんを見て俺は感じ入った。

結局、バーベキュー大会は、俺たち4人の帰りを待ってから始まった。全ての旗を見つけたのは昇とナナちゃんのペアだけだったが、名誉の負傷を負ったともみちゃんには特別に敢闘賞が与えられた。

俺はともみちゃんの横に座り、肉だの野菜だのをお皿に取り分けてあげて、貴子さんたちに、

「なんだか本当の兄妹みたいね〜」

と冷やかされたりしたけど、まんざら悪い気分でも無かった。

朱美さんの話では人数分よりかなり多めに持ってきたということだったが、はじまって1時間もしない内に、あれだけあった食材の山はすっかり跡形もなく消え去っていた。意外とみんな食欲旺盛《おうせい》なのかと思いきや、実はその大半は貴子さんと昇の2人が平らげていたのだった。

それでもなお、2人はいとしそうに鉄板のはじっこにちんまりと残った、キャベツの断片やら、ヤキソバのあまりをつついている。

「あ〜あ……朱美さんの作ったタコウィンナー、オレも食べたかったなー」

「コ、コイツ、あれだけ食べてもまだそんなこと言うか。お、俺なんて、ニンジンやらタマネギやらモヤシやらばかりだったんだぞっ」

言いながら昇がつまんだヤキソバの切れ端をええい、と奪った。

「あら、ごめんなさいネ〜言ってくれれば少しは遠慮したのにー」

しれっとした表情で貴子さんは言ってのけた。

朱美さんのタコさんウィンナーを平らげた当人である。

もっともあの様子では言ったところで聞かなかったと思うが。

「ごめんなさいね。私《わたし》がもうちょっと気をきかせて多めに持ってくればよかったんだけど……まさか、その……足りなくなるなんて思わなかったから……」

「少なくとも運動部の男子20人は満たす量はあったと思いますが」

夏姫さんは空になって積まれたダンボール箱を呆《あき》れた様子で見つめていた。


予定より早く自然公園を後にした俺たちは、二次会のため寮へと向かうことになった。

二次会は当然ながらというか貴子さんのおごりである。

ホテルとはいっても寮に改築してあるので、宴会場のような広い部屋があるわけでもなく、だからといって露天風呂《ぶろ》でやるわけにもいかず（俺や昇はちょっとだけ期待したのだけど）、会場は貴子さんのいる管理人室に決まった。

はじめて入ったその部屋は、真夏だというのにコタツが置かれた妙なものだった。そのわけはすぐわかった。コタツがなければ長居もできないほどクーラーがガンガンに効いていたのだ。要するに貴子さんという人は、冬でも夏でもコタツとその上のみかんとおせんべいがなければダメな人なのだ。

「はーい、みなさん、行き届きましたか？」

みんなのグラスにジュースやらビールを注ぎ終わった朱美さんが乾杯の音頭をとる。

「それでは、4号店の門出を祝って、かんぱ〜い！」

かんぱ〜い！

「さてと……宴会といったらやっぱりコレがないとね〜♪　ハイ、まずはキミたちから」

いきなり貴子さんからマイクを渡され、何事かと見てると、やたらと本格的なカラオケセットがデデ〜ンと出現して度肝を抜かれた。

「た、貴子さん、あの……そ、それはいったい……」

「やーね、これが仏壇に見える？　ほら、始まったわよ、さっさと前に出て」

なにがなにやらワケがわからぬまま前に引きずり出されると、俺はともみちゃんと一緒に、恥ずかしくて悶絶《もんぜつ》しそうなラブソングをヤケクソ気味に熱唱した。

歌ってる時のともみちゃんの横顔は、ちょっと頬《ほお》を染めていたこともあって本当に可愛くて、こんな子に慕われている自分というのは、ひょっとしてものすごく幸せ者なんじゃなかろうかと思った。

俺たちのデュエットの後、朱美さん、美春さん、昇とナナちゃんのデュエットと続くうちに段々と座が盛り上がり、夏姫さんの渋いブルース（しかも英語！）で最高潮に達したところで管理人室の電話が鳴った。

いったい誰あての電話だろうかと、誰もが耳をそばだてていた。

「少々お待ち下さい……あー、ちょっと神無月くん、キミに電話」

貴子さんが意味深な笑顔で俺を呼ぶ。

「うふふ……カノジョから」

そう言われて思い出すのはもちろん高井しかいない。俺は慌てて受話器を受け取った。

「もしもし」

『あ、もしもし？　……よかった、やっと捕まった』

その声は紛れもなく、あの聞き慣れた高井さやかのものだった。

『もう、今朝からずっと電話してるのに全然出ないんだもの……心配したのよ』

「ああ、今日はこっちの親睦会でずっと出かけてたからな。もう俺のところの番号わかったの？」

『さとみさんから教えてもらったの。でも明彦が電話に出ないんで、何かあったんじゃないかって、それでさっきまたさとみさんの所に電話して、管理人室の番号を聞いたの……もう大変だったんだから。ひょっとしてあなたが迷子になってまだそっちに着いてないのかもとか色々悪いこと想像しちゃって、さとみさんにも心配かけちゃったから、この電話のあともう一度かけなくちゃ……』

溜まっていたものを一気に吐き出すようにまくしたてられた。どうやら心配はしてくれていたようである。そこで俺は昨日のことを思い出した。

「昨日の晩、こっちからかけたんだよ、電話。そうしたら留守だったみたいで。そうだ、結局、急用ってたいしたこと無かったのか？」

『……うん……昨日は本当にごめんなさい……』

「ああ、見送りのこと。気にしてないよ。別にもう会えないってわけじゃないんだしさ」

『……そっちはどう？』

「思ってたよりいい所だよ。高井が言った通り海も近いしさ」

『ねえ……近いうち、遊びに行ってもいいかな……』

「……ああ、来いよ……俺もたまには高井の顔見たいし」

『……うん』

「日焼け止めのオイルとか忘れるなよ、こっちは紫外線が強いらしいから」

『うふふ。覚えておくわ……とりあえず声が聞きたかっただけだから、もう切るね』

「ああ……さとみさんにもよろしく」

電話を済ませ振り返ると、あまりの視線の多さにちょっとたじろいでしまった。

「な、何ですか、みんなして……何でもないですよ、ただの本店のバイト仲間です」

「またまた、照れちゃって～。そんなありきたりな言い訳が、このメンツに通用すると思ってるんじゃないでしょうねー」

貴子さんが言うまでもなく、みんなの目は怖いほど生き生きしていた。

「で、その彼女ってさ、どんな子なんだよ、詳しく教えろよ～」

「ご、誤解だってば……」

「仕事はともかく、そちらの手の早さだけは1人前のようね」

「な、夏姫さんまで……あ、あのだから、別にその……高井とはそういう関係じゃ……」

「うふふ、高井さんっていうの？」

「同じ職場で想《おも》いを寄せ合うなんて、何だかとてもステキですね」

朱美さんやナナちゃんまで興味津々といった様子だった。

「そうそう、電話に出た時、高井さやかって言ってたわよ……声の感じからすると、可愛《かわい》い感じの子だったわ」

「もしもしぃ、あのぅ、高井さやかですけどぉ、アタシのダーリン、そちらにお邪魔してませんかぁ～？　……って感じで」

「また話を作る。高井はそんなしゃべり方しないですよ」

「なんだー、やっぱり惚《ほ》れてるんじゃない、コノコノ～」

「だ、だからっ、本当に彼女とは何でもないんです！　だいたい俺たちは……つきあってもいないですから……」

あまりにムキになって否定したので、みんな呆気《あっけ》にとられたような顔になった。

「あら……じゃあ、ひょっとして、キミの独り相撲？」

「…………」

「なるほどね、それじゃ見送りにも来てくれないなんて、めげるわよね……ま、一杯」

「ええ、まあ……って、何でそのこと知ってるんですか⁉」

「電話の内容聞いてれば誰だってわかるわよ……ねえ？」

一同、貴子さんの台詞《セリフ》にこくんと頷《うなず》く。

うーむ、とんでもない弱みを握られてしまった気分だ。

そんな中でともみちゃんだけは何だか複雑そうだった。

そういや、電車の中で、ともみちゃんに落ち込んでるトコ見られちゃったんだっけ。

「……お兄さん、だから、あの時……あんな深刻な顔してたんだ」

気のせいか、俺を見る目がどことなく哀れんでるようだった。

「お兄さんの気持ち……わかるよ……ともみ、すごくわかる」

「わかるって、そんな……あはは、いや、俺は別に……」

ともみちゃんの顔があまりに思い詰めたようなものだったので、それ以上、言葉が続かなかった。何だかともみちゃんらしくない顔だなと思う。

「やーね、なんかみんなして湿っぽくなっちゃって……ほら、今日は4号店の門出を祝う席じゃなかったの？」

「あ、そ、そうね！　……ビールとジュース、もうちょっと持ってきましょうか」

気を利かせて朱美さんが立ち上がる。

「だったら私が。ちょうどこちらも空になったので、先輩はおつまみをお願いします」

どうやら夏姫さんと美春さんだけで、まるまる1本あったボトルを空けてしまったらしい。2人とも結構強いのか、酔っている素振りすら見せなかった。

ちらりと一瞬、美春さんと目が合ったが、やっぱり避けるように目を逸《そ》らし、氷で薄くなった水割りをぐいっと一気にあおる。

わざと強がってみせてるのか、それはそれでどこか魅力的ではあった。


いったいいつ二次会が終わったのだろうか。

俺は南極にいながらサウナに入るという、大変珍しい体験をする夢で目を覚ました。

宴会の途中でいつの間にか寝てしまったらしい。気がつくとコタツの上はすっかり綺麗《きれい》に片づけられ、みんなの姿も無かった。

壁に掛かった時計を見るともう夜の12時前だった。

どこへ行ったのやら貴子さんの姿もなく、このまま黙って自分の部屋に戻るのも気が引けたので、部屋の中をぼんやり見渡すと本棚があったのでどんな本があるのか見てみる。

本棚を見ればその人がどんなことに興味があって、そこからどういう性格なのかがわかるというやつだ。貴子さんはその典型的なタイプかもしれない。グルメ本やらコミック本、それに週刊誌に情報誌といったものばかりが目立つ。

そんな中で1冊だけ年季の入った、『追憶《ついおく》の軌跡《きせき》』という小説がやけに浮いている。手にとってパラパラと中をめくると、どうやらそれは純文学風の短編集のようだった。

貴子さんの趣味には似つかわしくないなぁと思いつつ、肩までコタツに潜り込んで最初から読み始める。それはなかなかにして本格的に文学だった。やたらと難しい言い回しが出てくる上、突然、風景描写の中に全く関係のない人物の心情が詩になって織り込まれていたりするため、1ページ読んではまた前に戻って確認するように読み直すという感じで、物語を読んでいるというより、なんだか読解力を試されているような気分だった。

「あら……起きてたの？」

お風呂上がりらしい貴子さんが洗面道具を抱えて戻ってきた。

上に束ねた髪のせいで、艶《つや》やかなうなじがとても魅力的だった。

「うふふ……何読んでるの？」

「あ、これ、そこにあったやつ……貴子さん、どんな本読むのかなって」

「……ああ、それ……うふふ、面白い？」

「あはは、すごく難しいです……さっきから同じページを何度も読み返してるんだけど、全然、理解できないし」

「やっぱりねー……アタシもそう。お茶入れるけど飲む？」

「いえ。貴子さんが戻ってくるの待ってただけなんで帰って寝ます。明日から出勤だし」

「あー、すっかり忘れてたわ……でも、あの2人大丈夫かしらねー」

「……あの2人って？　あ、ひょっとして、美春さんと夏姫さん？」

「冬木さんは全然。あの子、最後までケロっとしてたわよ。アタシが言ってるのは店長代理の方。キミは寝てて知らないけど、あの後マネージャーにからまれて無理して焼酎《しょうちゅう》一升空けちゃったのよー」

「うわ、そ、それはまたなかなか……」

　管理人室の入り口にその焼酎の瓶と共に、2ダースはあろうかというビールの空き缶、ウイスキーのボトルや日本酒の空き瓶などがまとめられていた。

　どうやら俺が寝ている間に、たいへんなことが起きていたようだ。

「ああ、帰るんなら、それ持ってっていいわよ」

　とても最後まで読みきる自信は無かったけど、せっかくなのでその小説を借りることにして、俺は管理人室をあとにした。

　部屋に戻って、もう一度ペラペラとページをめくると、途中のページにしおりが挟んであるのに気づいて、なるほどここで貴子さんは挫折《ざせつ》したのかと笑いながら、やたらとくたびれたそのページに目を走らせる。

　そこはちょうど『プロポーズ』というタイトルの短編のクライマックスシーンだった。

　前半に比べれば特に理解できないほどでなく、わりと普通に読める。

なんだ、楽勝じゃないかと思ってもう一度最初の短編から読み出したけど、結局、途中で寝てしまった。

第三章　ともみと美春

海を眺めながらの出勤は実に気持ちのいいものだった。

昨日は遅くまでなかなか寝つけなかったものの、今朝は目覚まし時計のお世話にもならずに5分ほど早く目が覚めた。

もっとも初出勤から遅刻ではさすがに恰好《かっこう》がつかない。

店内に入ると開店前だというのに、フロアには朱美さんたちと共に、客らしき若い2人組の男たちの姿があった。

1人は短く刈り上げた髪を金パツに染めた、刺すような鋭い目つきが印象的な男で、もう1人の長髪の方はバミューダトランクスに金のネックレスやらカラーバンドで決めた、これまたいかにもガラの悪そうな男だった。

見かけで判断してはいけないが、どうやらこの場合は印象通りで正解のようだった。

2人組のせいで店内の空気は明らかに緊張していた。

「だからよー、ちょっとツラ貸してくれりゃ、すぐ出て行ってやるって言ってんだよ」

長髪の方がポケットに手を突っ込んだままガムをくちゃくちゃ噛《か》みながら言い放った。

「ほら、バイトの兄ちゃんも来たことだし、お前1人、抜けたって別にどうってことねぇって……なあ、店長」

こちらは金パツ。抑揚のないハスキー声だった。耳には派手なピアスをつけていた。

「そんな……こ、困ります……今日はこのお店の開店日なんですから」

「んなもん知るかよ。おい、美春、なあ少しぐらいいいだろ？　ちょっと付き合えよ」

知り合いなのだろうか、男たちはどうやら美春さんを連れ出そうとしているらしい。

その美春さんはというと、2人に向かい合い、こちらも彼らに負けない迫力で睨《にら》み返していた。

ドアの前で立ちすくんでいる俺《おれ》に、事務所の奥からそっと身を乗り出した昇が、何やらサインを送ってきた。

親指をぐいっと下に突きだすゼスチャーだった。

お、おいおい、俺にコイツらとやれっていうのか？

昇はなおもドアの陰から無言のファイティングサインを送り、俺をけしかけてくる。

それに気づいた夏姫さんが昇の首根っこを掴《つか》み、ずるずると奥へ連れ去っていった。

「前にも言ったでしょう、もうあなたたちとは関係ないの……出て行って」

「おいおいマジで言ってんのかよ？　テメェの都合でさんざん俺たちを引っ張りまわしといて、今度は関係ねぇってどういうことだよ？」

「まったくな……だいたい何でお前がこんなガキみたいな店で、ウェイトレスの真似事《まねごと》なんてやってるのか、それが俺たちには信じられねぇんだけどさ」

聞いてて、なんだか俺はムカムカしてきた。

美春さんとどういう付き合いがあったか知らないが、彼女が迷惑しているのは誰《だれ》の目から見ても明らかなのに、そんな気持ちを無視して自分たちの都合だけで強引に連れ出そうなんて。

そんな様子に気づいてか、事務所の夏姫さんは俺の方を見ながら首を横に振った。

手を出すなという意味だ。

俺だってお店の中で、しかも開店前のこんな時につまらないことでモメたいとは思わない。相手が誰だろうと、どんなことがあっても決して店内では暴力は振るってはならない。それはバイトを始める時に木ノ下オーナーとさとみさんから言い渡された絶対守らなければならないルールの1つだった。

「まあ、そんなにイヤがってんなら仕方がねーよな。店終わる頃《ころ》にもう一回来るから、そん時はつき合えよ……お前だって、本当はそろそろ俺たちのしゃぶりたくてたまんねぇんだろ？」

どうやらその一言で、俺は完全にキレてしまったらしい。

「お前らいい加減にしろっ！　さっきから聞いてりゃ昔の友だちか何だか知らないけど、未練がましくいつまでも美春さんを追い回して、恥ずかしくねぇのかよ！　……美春さんはな、お前らとはもう関係ないんだ！」

「……なんだ、おめぇ」

「お前に何の関係があンだよ、え？　よう、美春、まさかこのガキがお前の新しい男じゃねぇよな？」

美春さんは黙って俯《うつむ》いていた。

「よう、文句あんなら、かかって来いよ、相手にしてやるぜ」

長髪の方が近寄ってくる。

「…………」

「ほら、どうしたよ、来いってンだろ？」

目の前まで来ると「おい」とか「来いよ」とへらへらと笑いながら、しつこく胸や頬《ほお》をグーでぐりぐりと押しつけてきた。

完全に嘗められているようだった。

たまりかねて俺は男の手首を素早く掴み、睨み返した。我慢にも限界があった。

「だめよ、神無月くん！」

一瞬、誰の声だろうと思った。初めて聞く朱美さんの厳しい声だった。

その声のおかげで俺はすんでのところで踏み留まることができた。

そこへ夏姫さんが呼んだのだろうか、ちょうど出勤してきた調理長の江口《えぐち》さん以下数人の厨房《ちゅうぼう》スタッフが駆けつけてきた。なかでも江口俊介《しゅんすけ》さんは、イタリアンの修業を積むため、船乗りに交じって単身ミラノへ渡るなどしただけあって、いかにも腕っ節の強そうな風貌《ふうぼう》だった。弟の大介《だいすけ》さんは俺のバイト先である本店に勤めている。

さすがにこれだけ集まると粋《いき》がっていた2人組も戦意を喪失したのか、ブツブツと捨てゼリフじみた言葉を残し、店から出ていった。

どうやら最悪な事態は避けられたようである。

「……店長代理」

放心状態の朱美さんを夏姫さんが呼び戻す。

「あ、は、はい……えーと、それでは、みなさん、今日は記念すべき4号店の開店初日です。いろいろ大変かもしれませんが頑張って下さい」

「さぁ、開店まで時間が無いわ、みなさんすぐ準備に取りかかって下さい。木ノ下くんと君島さんはテーブルの準備を急いでちょうだい」

夏姫さんのキビキビした号令を合図に各スタッフはそれぞれの持ち場に散っていった。

更衣室に向かおうとする俺を夏姫さんが呼び止める。

「冬木さん、それとあなた。ちょっと話があります。あとで事務所に来て下さい」

そんな俺をともみちゃんは心配そうに見つめていた。


閉店後、俺と美春さんはソファーに座らされ、夏姫さんから厳しく注意を受けていた。

特に俺の場合は、一歩間違えればお店の信用に傷をつけることになっていたわけで、店長代理の朱美さんや夏姫さんの判断で片づく問題ではなかった。

そんなわけで詳細を伝え、指示を仰ぐため、その場で木ノ下オーナーに電話を入れることとなった。

夏姫さんが受話器を取る直前まで朱美さんが俺をかばってくれたのが、嬉《うれ》しくもあり申し訳なかった。夏姫さんを恨むつもりはない。冷静に考えれば俺のあの行動は軽率だったのだ。あれでは相手を挑発するようなものだ。

ああいう場合、先にキレた方が負けなのだ。大事にならなかったのはひとえに運が良かったからだろう。俺はつくづく自分が情けなかった。結局のところ、ただ自分が恰好をつけたかっただけなのかもしれない。

木ノ下オーナーは夏姫さんの報告を聞いたあと、俺を電話口に呼び、

『ははは、君らしいな。まあ怪我《けが》が無くてなによりだ。今後は慎重にな。いろいろ大変だとは思うが4号店をよろしく頼む』

それだけ言って今回のことはそれで一件落着となった。

美春さんとあの連中との関係については、深い追及はされなかった。誰にだって触れられたくない過去というものがある。俺もそんなことは知りたくなかったし、それはみんなも同じだった。しかし、このまま放っておける問題でも無かった。

あの様子だと、あいつらは多分またやってくるはずだ。何とかして美春さんを守ってやらないと。

翌日、お昼時の混雑時が過ぎ、一段落したのを見計らって俺は店の裏口に美春さんを呼び出した。

美春さんとあいつらがどういう関係なのかはどうでもよかった。問題はあの2人組がやって来た時だ。だから、なるべく美春さんを1人にさせない為にも、しばらくの間、俺が家まで送り迎えするか、あるいは寮の部屋も空いてるのだし、一時的に引っ越して来ないかと提案した。それについては昨日のうちに貴子さんから了承を得ていたし、昇やともみちゃんたちも協力してくれると言ってくれた。

「……話ってそれだけ？　だったら、私《わたし》、まだ仕事があるから」

「待ってよ、美春さん……どういう事情があるかは俺には関係無いかもしれないけど……だからって、このまま見過ごすワケにはいかないよ」

「あなたには関係無いでしょう……私のことは放っておいて」

「関係無いって……そんな。これは美春さん1人だけじゃない、4号店のスタッフみんなの……」

「私……辞めるから」

予想もしなかったあまりにも唐突な展開だった。

「そんな、なんで急に……」

「私が馬鹿《ばか》だったの……こんなことがうまくいくと本気で思ってたなんて」

何だかもう美春さんの全身からはどうにでもなれという諦《あきら》めきった感じが漂っていた。

「辞めるって……だって、まだ始まったばかりじゃないですか。つい一昨日、親睦会《しんぼくかい》をやったばかりなのにもう辞めるなんて、そんな……。だいたい、美春さん、ロクに口もきいてくれないし、何で俺のことを嫌ってるかわかんないままいなくなるなんて、そんなのちょっと勝手すぎますよ」

「そう、私は自分勝手な女よ……だいたい、迷惑なのよ、そういうお節介焼かれるの」

「め、迷惑？」

感謝されるのならともかく、何で俺がここまで言われなくちゃならないんだ？

「わかりました、だったらもうかまわないですよ。美春さんの勝手にすればいい……辞めたきゃ辞めればいいですよ」

「な……なによ……あなたにそこまで言われるスジ合いはないわよ」

「あーそー、じゃあ、やっぱ辞めないんだ？」

「か、関係ないでしょ……」

「本当はこの店にいたいクセに。美春さん、制服、すごく気に入ってたじゃないですか」

「し、知ったようなこと言わないでよ、あんたみたいな上辺だけのお節介焼き男なんて、大嫌いっ、年下のクセに…………生意気よ」

「だ、大嫌いって……お、俺だって、あんたみたいな意固地な女は嫌いだね！　だいたい俺より年上なのに、あんなことがあったぐらいで辞めるだなんて、そんなの子供と同じじゃないか」

「！　………何も知らないクセに！」

ぱん！

容赦ない平手打ちを食らって、俺はアホのように呆然《ぼうぜん》と立ちつくしていた。

走り去る前、美春さんの目に涙が浮かんでいたのは見間違えじゃなかったと思う。

そんなわけで、まったく俺はつくづく自分がガキだと情けなくしょぼくれていた。

遥々《はるばる》こんな所まで来て何やってんだか……。

高井が知ったら呆《あき》れるだろうな。


足取りも重く店を後にして海岸通りを1人、寮へ向かっていた。

すっかりめげていたので、後ろから俺を呼んでいる声があったのに気づかず、いきなり俺の前にアーミーパンツ姿の女の子が立ちふさがったので、びっくりした。

「もう！　呼んでるのに無視しないでよね」

ロングヘアにキツメの顔立ちが、いかにも生意気そうな都会っ子を連想させる。

「ユキちゃんってば……」

その子を追うようにショートヘアの女の子がしずしずと現れる。こちらは対照的におとなしそうな感じの子だった。

なにやら2人は俺に用があるらしい。

「ね、あんた、お店の人でしょ?」

ロングの子が尋ねる。

「えっ……あ、ああ、そうだけど……あの俺に何か?」

「じゃあ、ともみのことも知ってるわよね? あたしたちともみの友だちなんだけど、寮の場所がわかんなくて困ってんの。あんた、ともみのどーりょーなら、住所ぐらい知ってんでしょ? 悪いけどさちょっと案内してよ」

「もう……ユキちゃんたら」

「ふーん、キミらがともみちゃんの友だちねぇ……まあ、どうせ同じ寮だから、別に構わないけど……一緒に来る?」

そう言って俺はさっさと歩き出した。正直、今はこの手の小生意気な女の子と話す気分じゃない。さっさと歩き出した俺の後から2人がちょっと戸惑ったようについてくる。

「ねえ、紀子《のりこ》、この人、本当にPiaキャロットの人だと思う? ……なーんか暗いし、全然冴《さ》えないし……」

「しっ、ユキちゃん、聞こえちゃうわよ」

なるほどロングの生意気な方がユキちゃんで、ショートのおとなしい子は紀子ちゃんというのか。

「あ、そうそう、そういえばさ」

ユキちゃんが後ろから訊《き》いてくる。

「あんた、カンナヅキって人、知ってる？　背が高くて、優しくて超恰好いい人らしいんだけど」

「……はあ？　……さあねぇ、そんな奴《やつ》は知らないなぁ」

どうやら、4号店にはカンナヅキという奴がもう1人いるらしい。きっとそいつなら美春さんを泣かせる事もなかっただろう。

2人を連れてともみちゃんの部屋を訪ねると、俺とユキちゃんたちが一緒だったので、ともみちゃんはびっくりした様子だった。

それでも仲の良い友だちというのは本当らしくて、きゃーきゃーと久しぶりの再会を喜び、気がつくとなぜか俺も3人のお菓子パーティーに加わっていた。

ともみちゃんの部屋に入って、度肝を抜かれたのは、数々の巨大なぬいぐるみたちだった。そう、ニンジンのキャロちゃんの他《ほか》にも仲間がいっぱいいたのだ。

「えっと、右から紹介するね。そこにいるのがクマのプーちゃん、次がフクロウのホー助君、その子はお星さまのコンペイトウ君、そしてカボチャのハロ君……」

「う、うーむ、何とも壮観だ……ん？　あ、あの、これは？」

俺の横でちんまり……というか、むしろででんと鎮座している巨大な物体について尋ねた。

「えへへ、それはシャチのブラック君、可愛《かわい》いでしょ？」

「う、うん。大きくて強そうだね……」

「ちょっと、ともみ、ぬいぐるみはいいから、あたしたちの事も紹介しなさいよ」

「あ、ごめん。えーと、こっちが神塚《かみづか》ユキちゃんで、その子が志摩《しま》紀子ちゃん。2人とも中学の頃からの友だちなの」

「ふーん、じゃあ親友なんだ」

「親友てゆーか、ともみっていつまでたってもお子サマだし、1人で放っておけないからあたしと紀子が側《そば》にいて面倒見てあげてるって感じなんだけどね」

相変わらずの口調でそう言うと、ユキちゃんは来るときから持っていた袋の中からゴソゴソと缶ビールを取り出した。

「それじゃ、とりあえずともみのえーてんを祝ってカンパイしましょうか」

「カンパイって、ユキちゃん、それ……」

ともみちゃんも正体に気づいたようだ。

「えへへ、まあ、あたしたちももう子供じゃないんだし、ビールぐらいいいじゃない」

「……何がいいんだか」

ユキちゃんの手から俺はすかさず缶を取り上げた。

「あー、ちょっと、なにすんのよー！」

「こういうのは君らにはまだ早い。ここは寮なんだし、酔っぱらって何かあったら管理人の貴子さんにも迷惑がかかるだろ？　だからコイツは没収」

「なによ、エラソーに……ちょっと、ともみも何か言ってやんなさいよ～」

「ううん、お兄さんの言うとおりだよ。お酒はもうすこし大人《おとな》になってからにしようよ。ね？　あ、そうだ、まだユキちゃんたちに紹介してなかったね。えっと……この人が神無月さん。ほら、ともみが怪我した時にお世話になった、お兄さん」

「じゃあ、この人が背が高くて優しくて超恰好いいカンナヅキさん⁉　うそー！」

「へいへい、暗くて冴えない男で悪うござんした」

もう女の子から何を言われようが動じなかった。というか、美春さんとやりあったあの後じゃ、何を言われても堪《た》えない。

俺はユキちゃんから没収した缶ビールを開けるとグイとそのまま半分ほど飲み干した。

「ああーっ！　あたしのー！」

「お、お兄さん」

「いいのっ、俺が片づけないとどうせキミが飲んじゃうんだろうし、それに俺はもう18だからね」

「……ねぇ、紀子、お酒って18からだっけ？」

「たぶん……違うと思うんだけど」

「ところでさ、アンタ。やけに親しいみたいだけど、ともみとはどーゆー関係なのよ？」

ユキちゃんが探るような視線で訊いてきた。

「どういうって、それは……」

何と言ったらいいものかと、ちらりとともみちゃんの方を窺《うかが》った。ともみちゃんが俺の事をどう思ってるのかわからないけど、少なくとも好意を寄せてくれているのは鈍い俺でも感じていたから、ここでただのバイト仲間と言ってしまうのも気が引ける。

それに友だちの前で恥をかかせてしまうのも何だったので、プラトニックなカンケーということでお茶を濁すことにした。

「……ねぇ、紀子、ぷらとにっくなかんけーってどういう意味よ？」

「それは……つまり……いい関係ってことじゃないかしら」

「ふーん……ま、よかったじゃない。ともみのことたがら、きっと落ち込んでるんじゃないかって心配したんだけど、ちゃっかり立ち直ってて、なんか損しちゃった」

「えへへ……ごめんね、いろいろ心配かけちゃって。もう……大丈夫だから」

「……」

やっぱり俺が知らない事情があるんだろうか。

無理して笑っているけど、その表情に隠された寂しさみたいなものがやけに気になる。

そういえばこの前の二次会の時の何か思い詰めたような顔もこれと似たような感じだったな。

「でさ、アンタ……じゃなくて、えーと、神無月さんって、やっぱ年下が好きなの？」

またも突然繰り出されたユキちゃんの質問に、俺は危うく飲みかけのビールを噴き出すところだった。

「もう、ユキちゃんったら、失礼よー」

紀子ちゃんが困った顔つきでユキちゃんの袖《そで》を引っ張る。

「いや、その……別に年齢は関係ないけど……まあ、俺は末っ子だったんで、妹みたいな子は単純にいいなとは思うけどね」

「じゃあ、ともみのどの辺が気に入ったわけ？」

「……ど、どの辺がって言われても」

「ユキちゃんったらー」

そう言いながら紀子ちゃんも俺の言葉に興味があるような素振りだった。その横でともみちゃんが恥ずかしそうに俯いていた。

「そりゃ……まあ……いろいろだよ」

我ながら何とも煮えきらない答えだった。

「ふーん。やっぱ髪型変えたのが効いたのかなー」

「……髪型？」

「あれ、知らないの？　ともみね、髪切ったのよ。前はロングのツインテールだったんだけど……あ、ほら、これ昔の写真」

そう言ってユキちゃんは、自分のサイフから3人揃《そろ》って写した記念写真のようなものを取り出して見せてくれた。いったいいつ撮った写真なんだろうか、3人ともやたらと幼く見える。

なかでもともみちゃんは、その髪型のせいでほとんど小学生のようにも見えた。

「ね？　前のともみはこんな感じだったのよ、ずいぶん違うでしょ？」

「あー、確かに……」

「ユキちゃん、もういいよー。恥ずかしいから、それ早くしまって……」

照れた、というよりも本当に困ったような顔でともみちゃんは訴えた。昔の写真を見られるのが恥ずかしいという理由だけじゃなさそうだな、そんな事を考えながら残ったビールをあおった。

今日は休みのはずの朱美さんがナナちゃんとともみちゃんに交じり、レジとオーダーに奔走していた。事務仕事で忙しいはずの夏姫さんまでも、来店したお客さんたちの案内やら、テーブルの後片づけを手伝う。

そういえば午後から出勤予定の美春さんの姿が見あたらない。気になって倉庫整理の合間にそれとなく昇に尋ねてみた。

「美春さん？　ああ、今日は体調が悪いから休むって」

手にしたダンボールを俺に渡すと、珍しく怖い顔で睨んだ。

「……お前、美春さんと何かあったのか？」

「えっ……な、何でさ」

「とぼけんなよ、みんなとっくに気づいてんだぜ。仕事中も全然、口きいてないみたいだし、テーブルの受け持ちも確認しないでバラバラにオーダー取ってくるし……お客さんの前で2人があーゆー態度だと店の印象悪くするぞ。それよりなにより、お前たちがあんな調子だと、みんな仕事がやりづらくなる。今のところは朱美さんも夏姫さんも気づいてないフリしてるけどさ……ほらよ、こいつが最後のダンボール」

「………」

仕事のことはそろそろ言われるだろうなぁと思っていたのでともかく、美春さんが休んでいることの方が気がかりだった。やっぱり俺のせいなんだろうか。いや、多分、そうなんだろう。

「ケンカの原因って、あのことなのか？　……ほら、この前店に来た例の2人組」

「……ああ、いや……別にたいした事じゃないから」

「ふーん、それならいいんだけど。まあ、何があったか知らないけどさ、早いところ仲直りした方がいいぜ。みんなも心配してるんだしさ」

昇に言われたからじゃないけど、店内が一段落したところを見計らって、俺は夏姫さんから聞いた住所を頼りに、駅からやや離れた住宅地にある美春さんのマンションに向かうことにした。地元であるナナちゃんが途中まで付き添って道案内をしてくれたおかげで、入り組んだ狭い路地の一角にある赤レンガ造りのマンションはすぐに見つけることができた。

ナナちゃんと別れ、メモに書かれた510号室を訪ねる。

ピンポーン。

何度かチャイムを鳴らしてみても、美春さんは出てこなかった。耳を澄まして部屋の中を窺うと、かすかにチリンという音が聞こえてくる。

中に美春さんがいる事に賭《か》けて、俺はドアの隙間《すきま》から声をかけた。

「あの……神無月です。美春さん、中にいるんでしょう？　顔、見せてくれませんか？　その……どうしても話したいことがあるんです」

これで留守だったらアホみたいだなと思いながらも続けた。

「……この前は、あんなこと言っちゃって……どうもすみませんでした。あのこと気にしてるんなら、謝ります……本当は、直接会って、言うべきかもしれないですけど……」

そこでガチャリとドアが開いて、美春さんが姿を見せた。普段と違って長い髪をポニーテールにしている上、メガネをかけていたので、一瞬、部屋を間違えたのかと思って焦った。

「いったい、どういうつもりよ」

美春さんは迷惑そうに俺の手を掴むと強引に中に引き入れた。

ふわっと香水のようないい香りがした。引っ越して間もないというのもあるだろうか、2DKの部屋の中は驚くほどシンプルで、ソファーと小さな家具が少しと、マリンブルーのシーツがかかったベッドがあるだけだった。

「あんな大声出したら、みんなに聞こえるでしょ……もう……」

むくれ顔で俺をソファーに座らせると冷蔵庫から缶ウーロン茶を取り出し、目の前のテーブルにドンと乱暴に置いた。見たところとても病人には見えなかった。

「……それ飲んだら帰って」

何しに来たのかも尋ねず、まるで閉店間際の酒場のママのようなセリフを吐いて、さっさと窓際へ行ってしまった。

目の前の缶ウーロン茶が次第に汗をかくのを眺めながら、俺はなんだかまた段々と腹が立ってきた。自分のせいで美春さんが落ち込んでいるんじゃないだろうかと心配してわざわざやって来たのに、この態度はどういうことだろうか。しかもこの忙しい時に勝手に店を休むなんて。

窓辺に腰掛け、夕暮れ時の街並みを眺めている彼女を見つめ、俺はなんと話を切り出そうか考えていた。妙に張りつめた中、ベランダの風鈴が時折チリンと優しく謳《うた》う。

意外にも最初に切り出したのは美春さんの方だった。

「……この前はごめんね……つい……カッとなっちゃって」

俺をひっぱたいたことだろう。俺も女の人からあんなにきついビンタをされたのは生まれて初めてだった。しかも、あの時は美春さんを泣かせてしまったのだ。

「あー……いえ……俺も、なんかひどいこと言っちゃったみたいで……反省してます」

「……ふーん……今日はやけに素直じゃない」

美春さんは意地悪そうに微笑《ほほえ》んだ。そっちこそと俺は口に出さずやり返した。それからいつもと印象が違うので驚いたことを話した。

「部屋にいる時はこっちの方が落ち着くの。外出する時だけはコンタクトだけど」

「じゃあ、やっぱりあの時はワザとメガネをかけたんですか……ほら、オリエンテーリングの時の」

「……うふふ……そう。ちょっとイジワルしてやろうかなって思って」

「うーん、そんなに嫌われていたとは」

「……あら、じゃあ、今は好かれていると思ってるの？」

「あ、あはは。少なくても、こうして話してもらえるだけ前よりは進展したと思うんだけど……どうなんでしょうか？」

「さあ……どうかしらね」

美春さんはわざとそっけない態度で窓の外へ目をやった。

「とにかくよかった。元気そうで……でも、俺と顔を会わせるのがイヤだからって、ズル休みするのはもう止《や》めてくださいね。俺と一緒に働くのがイヤなら、夏姫さんに言って、なんとかシフトがズレるように調整してもらいますから」

美春さんは戸惑った様子で俺の顔を見つめ返した。俺は缶ウーロン茶を飲み干し、ごちそうさまと立ち上がった。

「……話はそれだけです……それじゃあ……」

「ちょ、ちょっと……誤解しないでね。別にあなたと会いたくないから休んだわけじゃないわ……その……体調が悪かったのは本当……だったの……」

「夏風邪でもひいたんですか？」

美春さんは恥ずかしそうに黙って俯いた。言ってしまってから俺はやっとその意味に気づいた。こういうことに鈍い男はきっと女の人に嫌われるだろうなと思う。

「……途中まで送るわ。1人で迷子にでもなられたりしたら困るし」

そう言いつつ、結局、美春さんは海岸通りまでついてきてくれた。美春さんのマンションを出た時はまだ日があったのに、もうすっかり夜になっていた。

せっかく海まで来たんだしということで、美春さんと浜辺に下りて歩いてみる。

久しぶりに踏みしめる砂浜の感触がやけに懐かしかった。

「……私ね……弟がいるの……春彦《はるひこ》っていう弟が」

「春彦……へえ、俺と似た名前だ」

「名前だけじゃないわ」

少し躊躇《ためら》うような気配で続けた。

「…………あなたのこと見てると……思い出しちゃうの。春彦のこと」

どうやら俺はその春彦さんという人に似ているらしい。といっても見ず知らずの人間に似ていると言われてもピンと来るものではない。

「もう、何年も会ってないの……ううん、会いたくてももう無理なんだけどね」

潮風に美春さんの長い髪が舞っていた。その後ろ姿を見ながら、ああ、ひょっとして俺はこれから、かなり深刻な話を聞かされるんじゃなかろうか。そんな予感がした。出来ればあまり聞きたくなかったが、美春さんがわざわざここまで来て、自分の話をしてくれるというのは、俺に聞いてほしいからで、俺としてもあんなお節介をした以上はしっかり聞かなければいけないと思った。

「16の時に私……家を出たの。はっきりいえば家出ね。ちょうどその頃、いろいろあって一番荒れてた時期で……だいたい想像がつくでしょう？　私がどういう人間だったかなんて」

美春さんは自虐的に笑っていた。といっても背中越しだったから本当に笑っていたかはわからなかったけど多分そんな気がした。

俺は頷《うなず》くこともできず、遙《はる》か沖の方に浮かぶ船の灯《あか》りを見ながら、黙って耳を傾けていた。

「……とにかく、その頃のある日にね、かなり激しく父とやりあっちゃって……もう、大ゲンカ。お前は一家の恥さらしだって……もう二度と戻って来るな……そう言われたわ。それでそのまま後先も考えず家を飛び出したの……しばらく友だちの家を転々としたりして、それから、またいろいろあって……」

そこまで言ってから、そのいろいろあったことを思い出すようにしばらく黙っていた。

多分、あの2人組のこととかもそのいろいろに関係しているんだろう。

「……そんな荒れていた私を支えてくれていたのが春彦だったの。いつでも……ずっと、私のことを心配してくれていた。なのに私は……そんな弟の優しさが辛《つら》くていたたまれなくて……あなたはもう弟でもなんでもないのって、だから、もう、二度と会いに来ないでって……ひどいこと言っちゃって……」

「まさか……それっきり会ってないんですか？」

「……ええ」

「あ、でも、春彦さんに言った言葉は、本心じゃないんでしょう？　だったら、会いに行けばいいじゃないですか。そりゃ、まあ、一度出た実家を訪ねるっていうのも、なかなか勇気がいることかもしれないけど……」

「……家に……いないの」

「？」

「あの子……半年前ぐらいから家を飛びだしたきり、もう、どこへ行ったのかもわからないの。思い当たるところは全部聞いてまわったのに……」

「……」

こういう場合、きっとすぐ見つかりますよとか言えばいいのだろうけど、下手な慰めというのは、どうにも苦手だったので、ただ黙ってぼんやり海を眺めていることしか出来なかった。

それからしばらく浜辺を歩いてから、神無月くんに話したら少しだけすっきりしちゃった、と少し明るい表情を見せたので、俺なんかでよければいつでも、とちょっと照れながら答えて、もう少し海を見ていくという美春さんを残して別れた。

途中、夜食のおにぎりやら雑誌などを仕入れて寮に戻ると、さっきのコンビニで仕入れた地方限定の激レア・ポテチを見せびらかそうと、ともみちゃんの部屋に立ち寄った。半開きになったドアからともみちゃんの声が聞こえたので、また例の友だちが来ているのかと思ったが、どうやら電話中のようだった。

「そんなこと、ともみだってわかってる……でも……どうして、振り向いてくれないの。どうして……ともみのこと、無視するの？」

断片的な会話を耳にしながらドアの隙間から見たその表情は、とても切実でいまにも泣き崩れてしまうほど弱々しいものだった。何だか俺は見てはいけないものを見てしまった気分だった。

相手が男なのはわかる。でも、あのともみちゃんがこんなに傷つくほど真剣に誰かを好きになっているなんて、ちょっと俺には信じられなかった。

2人のやりとりを聞いているうちに俺は電話の相手に嫉妬《しっと》に近い怒りを覚えていた。何でこういう気分になるのか自分でもよくわからなかったが、たぶん、可愛い妹を傷つけられた兄貴の気持ちというのはこんな感じなのだろう。

結局、俺はともみちゃんに声をかけぬまま、そのまま部屋に戻り、おにぎりとコーンスープと春巻きという和洋中の何とも珍妙な夜食を済ませた。

美春さんもともみちゃんも、人には言えない辛いものを抱えているという事が俺の気を重くしていた。

ふと、高井はどうなんだろうかと考えてみる。

あいつにはそんな悩みがあるんだろうか。思い出すのはいつもの軽口と怒った時のむくれ面か笑顔ばかりでどうも俺にはピンと来ない。

そういうことに想像力を働かせるには、俺はまだまだ子供なのかもしれない。

第四章　伝わらない想《おも》い

色々と考えることがあったからというワケでもないけど、その日は早出にもかかわらず、すっかり遅刻してしまった。店内では既に制服姿の美春さんとナナちゃんが、次々とやってくるお客さんたちの注文を受けて慌ただしく行き来していた。

ちょうど今は早朝からのひと泳ぎならぬひと波乗り終えたサーファーたちのグループが続々とやってくる、通称『開店ラッシュ』の時間だった。この程度の混み具合ならば普段なら問題ないが、今日は朝から朱美さんと夏姫さんが本店で行われる店長ミーティングに出かけているので、午前中は美春さんとナナちゃんと俺《おれ》の3人だけでフロアを切り盛りしなければならず、唯一のフロア経験者である俺が遅刻してしまったのは申し訳無いのを通り越してもう会わせる顔すらなかった。

そんなワケだったので、普段はおっとりスマイルのナナちゃんでさえ、もう～遅いですよ～、と半ベソ状態でむくれていた。

「人にあんなお説教しておいて遅刻するなんて、いいご身分ね……」

美春さんは別に怒ってる様子もなくドリンクバーにいる俺の側《そば》に来ると、オーダー分のトロピカルジュースとダークチェリーパイを用意しながら、ちくりと非難した。

内心、そんな美春さんのちょっとトゲのある口調が嬉《うれ》しくて、あ～もう二度と遅刻はしませんからとヘコヘコと調子よく謝る。謝りながら、ふと見ると30cmほど目前に美春さんの胸元があって、ドキッとした。

今さらながらこのフローラルミントという制服は目のやり場に困るデザインだと思う。お客で来るならともかく、うっかりすると仕事のことなどどこかへ吹き飛んでしまいそうになる。

「神無月くんは、泳げるの？」

氷の入ったグラスにトロピカルジュースを注ぎながら聞いてきた。美春さんも昇やナナちゃんと同様、フロア未経験だったが、さすがに仕事の飲み込みも早くてきぱきと無駄が無い。

「……えっ、まあ人並み程度には……何でまた急にそんなこと」

「だったら、今度、暇があったら泳ぎに行かない？　越してきてから、まだ一度も海に入ってないの」

美春さんからこんなお誘いを受けるなんて思ってもみなかったから、いったいどういう風の吹き回しだろうかと俺は本気で悩んでしまった。制服からちらりと覗《のぞ》く胸の谷間を見ていたものだから、なおさら色んなことを考えてしまい、急にカーッと頭に血が上ってしまった。

「ところで……それ、早く作り直した方がいいわよ」

美春さんはちょっと意地悪く笑い、メニューを運びに行った。

どこでどう間違えたのか、俺はビールのジョッキになみなみとアイスハーブティーを注いでいた。

午後出勤の昇と入れ替わるように寮に戻ると、まるで待ちかまえていたかのように、管理人室から貴子さんが現れて俺を呼び止めた。

「まあ、ちょうどいいところに帰って来てくれて助かるわ〜！　悪いけど、ちょっと洗濯物取り込むの手伝ってくれない？　ひと雨きそうなの〜」

管理人室の中からはお馴染《なじ》みの痛快時代劇の台詞《セリフ》が聞こえてくる。

ひと雨来るのがわかってるんなら、テレビなんて観てないで、さっさと取り込んだらどうですとツッコミの1つでも入れようかと思ったけど、そんなこと口にしようものなら、

「三十路《みそじ》手前の寂しい女の唯一の楽しみなのに〜ヒドイわヒドイわ〜」

とか始まるのが目に見えていたので、まあ、いいですけど、とだけ答えた。

「う〜ん！　さすが女の子に優しい神無月クンね〜、うふふ、いっそのこと、お店やめてうちでバイトしない？」

「……そういうのって本末転倒っていいませんか？」

あと10分だけとテレビにしがみつこうとする貴子さんを無理矢理説得し、屋上に上った。

貴子さんは寮の管理全般以外に、4号店の制服のクリーニング係も受け持っていた。もちろん女の子たちの制服だけでなく、俺や昇の男子用の分も貴子さんが洗ってくれている。

それ以外にも寮のみんなの分も一手に引き受けているわけで、しかも合間に寮の掃除やら、庭の手入れやら、痛快時代劇鑑賞やらこなすので女の人１人では結構大変なものだった。だから、まあ、バイトの１人でも雇いたいという気持ちもわからないでも無かった。

　パタパタとはためく洗濯物を取り込んでいたら、とても見覚えのあるものがあって、ぎょっとなった。部屋に溜まっていた洗濯物を、貴子さんが気をきかせて洗ってくれたらしい。

「うふふ、神無月クンはトランクス派なのね〜、ちょっと意外♪　ああ、ちゃーんと念入りに手もみ洗いしておいてあげたわよ」

「そ、それは、どうも……」

　女の人がセクハラを受けた時の気分というのを学んだ気がする。

「……けど、貴子さんがお店の制服まで洗っているなんて思わなかったな……これだけあると大変じゃないんですか？」

「まーねー。でも、洗濯は嫌いじゃないし……それに、こういう可愛《かわい》い制服、好きだから全然苦にならないわよ。ほら、キミだって女の子の下着を毎日洗うことになってもイヤじゃないでしょう？　それと同じよ」

「いやあ……あははは、それとはかなり違うと思いますけど」

　何とか雨が降り出す前に取り込み終わり、管理人室で麦茶をごちそうになりながら、ほっと一息ついた。傍らで洗濯ものを1つ1つ丁寧にたたむ貴子さんを横目に部屋のカベを見ると、一着だけお店の制服がかかっていたので訊《き》いてみた。

「貴子さん、その制服は？」

「えっ、あ、ああ……それは違うの、それはちょっとしたアレだから気にしないで」

「何ですかちょっとしたアレって？」

「い、いいでしょう、別に」

急に頬《ほお》を赤らめたので、もしやと思い、カベにかかったその制服の大きさと貴子さんをじーっと見比べて、なるほどと納得した。

「やーね、なにニヤニヤしてるのよ」

「あ、いえ……貴子さんが着たらどんな感じなのかな〜って」

「うっ、バストのサイズでバレたか……あれは、その……別に自分で着ようとか、そういうつもりじゃなくて、デザインが気に入ったから、余興のつもりでちょっと試しに作っただけよ……」

「着ないんですか？」

「ばかね〜、そんな恥ずかしいこと出来るわけないでしょ」

「そんな、勿体《もったい》ないなあ、ちょっと着てみせて下さいよー」

「それって怖いもの見たさから？」

「いえ、決してそんな……あ、あはは」

「まあ、そんなに言うなら、考えないこともないけど……どうせなら、アタシと勝負しない？　それでキミが勝ったら、着てあげてもいいわよ」

「うーん、勝負の内容にもよるけど……で、何やるんです？」

「うふふ、美崎海岸名物といったらコレしかないでしょ♪」

　そう言って貴子さんは、押し入れからいきなりサーフボードを取り出した。

　しかし、ほんと何でも出てくる押し入れだ。

「サーフィン？　えっー！　貴子さんサーフィンなんて出来るんですか？」

「やーね、アタシを誰《だれ》だと思ってるのよ、これでも若いときは『バックフリップの貴子』で鳴らしたものよ～。おかげで三十路前なのにこのプロポーション！」

「いや、その、三十路前云々《うんぬん》はともかくとして……サーフィンですか……うーむ」

「あら、ひょっとしてもう怖《お》じ気《け》づいたんじゃないでしょうね。ま、無理して勝負しなくてもいいのよ」

「……いいですよ、やりましょう。こう見えても俺、運動神経には自信があるんで。ビッグウェーブの１つや２つ、軽～く乗ってやりますよ」

「まー、大きく出たわねー……いいわ。ただし、キミが負けた場合、１週間、アタシの手伝いをやってもらうわよ？」

「どうぞどうぞ。絶対負けないですから」

「それじゃあ、支度して浜辺に集合よ」

曇っているわりには空はかなり明るく雨も小雨程度でたいした事は無かったが、波は予想以上に高かった。

俺は貴子さんに連れられて寮から歩いてすぐの波乗りポイントにやってきた。といっても沖のラインナップから離れた初心者向きの場所だったので、俺たち以外の姿は無く、これなら安心して波にのまれて赤っ恥がかけるというものだ。

ビギナーの俺は貴子さんからあれだこれだと波乗りの基本を教わり、イメージトレーニングでコツを掴《つか》んだところでいざ勝負となった。

「ま、とりあえずボトムターンがクリアできたら神無月クンの勝ちってことでいいわ。初心者なんだし、あんまりイジメちゃ可哀想《かわいそう》だものね〜、おほほほほ」

「なんのなんのボトムターンどころか、ガツンとエアリアルの1つも決めてやりますよ、まあ後で吠《ほ》え面《づら》かかないで下さい、あはははは！」

と覚えたてのサーファー用語を駆使して粋《いき》がって見せた。どうやらサーファーというものは、ただ板に乗ってればそれで恰好《かっこう》がつくというものでは無いらしい。真夏の海で女の子たちの熱い注目を浴びるには、真っ黒な肌以外にも日夜地道な努力が必要なのだなぁと痛感した。

LIGHT MY

で、さんざん大口叩《たた》いた俺たちはというと、ボードに這《は》いつくばり形だけは颯爽《さっそう》と沖へと向かったものの、テイクオフ直後にあっという間に波にのまれた挙げ句、情けない恰好のまま砂浜に打ち上げられてしまった。

「うーむ、ボードがこんなに滑るものとは思わなかったなあ……」

「ま、今日はほら、波がイマイチだったみたいだし、仕方ないわよ〜」

こういうのを世間一般では負け犬の遠吠《とおぼ》えというらしい。

そんなワケで結局勝負は引き分けとなり、貴子さんは制服姿のお披露目を、俺は寮の仕事を1週間手伝うことになった。

管理人室に戻ると、最後の悪あがきとばかりに抵抗を試みる貴子さんを宥《なだ》め賺《すか》し、

「もうしょうがないわね〜そんなにアタシの制服姿が見たいの〜？」

と最後はまんざらでも無さそうに制服に着替えるため出ていった。

しばらく待った後、ゆっくりとドアが開いたかと思ったら、じゃじゃ〜ん！という声と共に、フローラルミント姿の貴子さんが現れた。

「いらっしゃいませ〜！　お1人様ですか〜？　……な〜んちゃって……どう？」

「……あ、え、ええ……よく似合ってますよ」

「それだけ？」

「あ、いえ……か、可愛いですよ……すごく」

　というか本当は貴子さんの色香にたじろいでしまっていたのだった。見慣れた制服も貴子さんが着るとやたらと、何というか、妙にエッチな感じがして、とてもじっくりと誉《ほ》めちぎるどころではなかった。

「や、やーね、なに赤くなってるのよ……キミがノッてくれなきゃ、アタシだって恥ずかしいでしょ」

「……あー、はいはい」

「お客さま、ご注文の方はお決まりでしょうか〜？」

「えっ……あ、えーと……じゃあ、そこにあるみかん」

「何よ、みかんって雰囲気ないわね、もっと他《ほか》にあるでしょう、ビールとか、焼酎《しょうちゅう》とか、焼き鳥とか」

「そ、そんな居酒屋じゃないんだから……じゃあ、コーヒーでいいです」

「ご一緒にポテトもいかがですか？」

「いや、あの、それはＰｉａキャロットじゃないし……」

「それではオーダーを繰り返しま〜す、コーヒーでよろしいんですね〜？　ミルクはこちらをお使い下さ〜い」

　そう言うと、貴子さんは自分の胸を持ち上げ、ぐいぐいと揺らした。

「あ、いや、それもＰｉａキャロットのサービスじゃないし……というか、だいたい胸なんて揉《も》みませんってば」

「まあ、照れちゃって、うふふ……じゃあ、こういうサービスはどうかしら？」

チラリとスカートをめくってみせた。

「あー、もう、からかわないで下さい！」

と言いつつも、悲しい男の性《さが》で、しっかりと目だけは貴子さんのスカートの隙間《すきま》を見つめているのであった。

「やーねー、お客さまったら～ココが気になるのかしら～」

貴子さんは面白がって、さらにスカートをたくし上げた。

「……貴子さん、そんな恰好して何してるんですか？」

唐突な声にドアを見やると、ともみちゃんと例の友だちが、唖然《あぜん》とした顔で立ちすくんでいた。貴子さんも石像のように硬直していた。

きっと色んなことを後悔しているのだろう。

「ねぇ、ともみ、このオバさんもお店の人なの？」

ユキちゃんが追い打ちをかける。

「ユキちゃん、そ、そんな言い方はちょっと……オバさんに悪いわ」

紀子ちゃんのその一言はとどめだった。

「がーん！　……ど、どーせ、どーせ、アタシはオバサンよ……しくしく」

「ああもう、ほら、君たちが失礼なこと言うから。貴子さんもイイ年して泣かないで下さいよ」

「……どーせ、どーせ、アタシはイイ年よ」

「いや、だから、そういう意味じゃなくてですね……」

「でも、よく似合ってますよ……貴子さんスタイルもいいし」

ともみちゃんがナイスフォローを入れる。やっぱり誉められるというのはどんな時でも嬉しいもので、貴子さんもすっかり機嫌を取り戻した。

「ふーん、これが4号店の制服なんだ……なかなかいいじゃない」

「うん……色も綺麗《きれい》ね」

ユキちゃんと紀子ちゃんがしげしげと貴子さんの制服を見つめる。こういう姿を見ると女の子というのは、どの子も本当に服に関心があるんだなぁと今さらながら思った。

あんまり2人が興味津々だったので、貴子さんが気をきかせて、予備の制服を引っぱり出し、着てみる？と誘うと、大喜びして制服を片手にともみちゃんの部屋へと駆けていった。

「ハ～イ、Ｐｉａキャロット4号店、新人ウェイトレスの神塚ユキで～す！」

「えっと、同じく志摩紀子で～す……ねぇ、ユキちゃん、やっぱり恥ずかしいよ」

「ばかね、こういうのはなりきるのが重要なのよ、ここを狭っ苦しいただの管理人室だと思わずお店だと思うの、ほら、あんなオバさんだってプライドを捨て去って堂々としてるでしょ」

「おほほほ。ホント、この子ったら口が達者なんだから……えーとユキちゃんだっけ？後で覚えてらっしゃい」

「まーまー、そう怒らない。やっぱりこーゆーのは、若いほうがお客さんも喜んでくれるんだし……でしょ？」

ユキちゃんが健康的なフトモモをこれ見よがしに強調しながら尋ねてきた。

「えっ、あ、俺に聞いてるの？　あははは……」

「……脂汗が浮かんでますけど」

紀子ちゃんがハンカチを差し出した。

「いやあ、暑くて……あははは……ゴホン。年齢のコトはともかくとして……みんなよく似合ってると思うよ」

とかなんとか調子のいいことを言ってその場を収めて、新人2人を加えたＰｉａキャロット臨時支店を心ゆくまで堪能《たんのう》するのであった。

しかし……やけに年齢の偏った店だこと。

「ともみちゃんは着ないの？」

「えへへ……だって、お店でいくらでも着られるから……」

「あはは、そりゃそうだ」

言いながら、この前の電話の一件を思い出して気が重くなった。

あの日以来、ともみちゃんの様子もちょっと変わってしまった、そんな印象がする。

みんなでいる時も、誰も見ていない時に虚《うつ》ろな表情を見せる時が多くなっている。それが俺にはとても気がかりだった。

だから帰り支度間際のユキちゃんをこっそり呼んで、例の電話の相手をそれとなく尋ねてみた。

「ふーん……それ、2号店の前田《まえだ》さんよ」

「……2号店？」

そういえばともみちゃんの本来のバイト先は2号店だった。しかし、相手が店の人だとは思わなかったな。

「ともみね……その前田さんのことが昔からずっと好きだったみたいで、何とか振り向いてもらおうとしてたのよ……ほら、髪切ったっていうのも、そういう理由なのよねー。それでも前田さんに自分の気持ちをわかってもらえなかったみたいで、それで……4号店のヘルプの話が出た時、自分から名乗り出たってワケ。自分が遠い所に行けば、ひょっとしたら、前田さんが振り向いてくれるかもしれない……そう思ったのかもね。だから、ともみにしたら、最後の賭《か》けだったのよ……ここに来たのは」

「……ユキちゃんは、その前田さんって人と会ったことあるの？」

「まーね、中学の冬休みの時にちょっと知り合ったというか……まあまあイイ線いってたけど、ちょっと軽いし、女の子なら誰にでも優しいって感じで、ともみには悪いけどそこまで夢中になるような相手かなーとか思ったけどね。あ、やっぱ、気になるんだ？」

「まあ、少しは……それに、あんな電話を聞いちゃった以上、このまま知らないふりも出来ないだろうしな」

「ふーん……けっこー優しいとこあるんだ、神無月さんって」

「ただのお節介だよ……」

「……そうかなー……神無月さんみたいな人が側にいたから、ともみもめげずに頑張ってるような気がするんだけど。それに……あたしだったら……そんな風に心配してもらえたら、嬉しーけどなァ……」

ユキちゃんはちらりと俺の方を見てはにかんだ。

「ま……とにかくさ、ともみのこと支えてやってよ。あたしたちも応援するからさ」

夜になると雨も上がり、ともみちゃんは、ユキちゃんたちを駅まで送るため出かけて行った。ユキちゃんたちとお店の制服の話題で盛り上がりながら出て行くその後ろ姿を見送りながら、あの笑顔の裏には本当は泣き出したくてたまらないともみちゃんがいるんだろうなと思うと、何だか切ない気分になる。

「……心配なんでしょう？」

いつの間にか貴子さんが横にいた。

「えっ」

「ともみちゃんのことよ……あの子……ああやって、悩み事なんて何1つ無いように見せているけど、無理しちゃってるみたいよ」

「あ……貴子さんも気づいていてたんですか？」

「うーん、そういうわけじゃないんだけど。ただ、この前ね……あの子、夜遅くお風呂場《ふろ》の中で、1人で泣いていたの見ちゃったのよ。それがね……もう、泣き崩れるような感じだったから、ああ、これは相当辛《つら》いことがあったんだなぁって心配になって……」

「……」

「……若いうちはいろいろあるから……ね……」

まるで自分の昔を思い出すかのように貴子さんは呟《つぶや》いた。


翌日、俺は前田さんを訪ねて2号店のある仲野《なかの》へ向かった。2号店は仲野駅からやや歩いたところにある仲杉通りと呼ばれる街道の側にあった。地図で場所を確認してきたので迷うことは無いだろうと思っていたものの、実際歩くと結構迷うもので、ようやく2号店を見つけた時はほっとした。

店内はお昼前なのに思いの外、混雑していた。

「あ、あの……お1人様でしょうか？」

若い……といっても俺と同じか少し上ぐらいのウェイターが緊張気味に訊いてきた。

「あ、いえ、本店の神無月という者ですけど、前田耕治《こうじ》さんに会いに来たんですが」

「あ、ああ……それなら、たぶん奥の事務所で休憩中だと思いますよ……あ、僕が案内します」

まだ入ったばかりの新人なんで、緊張しちゃってと控えめに笑った顔がとても人なつこそうな、感じのいい人だった。

事務所に入ると男の人が2人、何やら笑顔で話をしていた。

そのうちの1人は、たまに本店にも顔を出す2号店の店長を務める木ノ下祐介さんだ。祐介さんは今年で23才になる、まさに今が働き盛りといった感じの人だった。

「あれっ、キミは確か志保さんとこの……」

祐介さんがびっくりしたように顔をあげた。

「はい、神無月明彦です。どうもお久しぶりです」

「元気そうだね。ああ、そうそう、さとみから聞いたよ、4号店のこと……大変だったんだってな」

祐介さんは隣に座ってる男の人に例の2人組が店に来た話をした。もっとも話はだいぶ誇張されていて、4号店に乗り込んできたチンピラ10人を相手に俺が大立ち回りを演じたことになっていたが。

「ははは……ああ、ゴメン。いや、その話を聞いた時、さすが志保さんの弟だなぁって思ったもんだから」

木ノ下祐介さんとうちの志保ねーちゃんは、まだPiaキャロットが本店の1店舗だけだった頃《ころ》からの知り合いだった。本店のさとみさんや留美さんたちとも同期で、この当時のスタッフはさとみさん曰《いわ》く『Piaキャロット第一期生』というらしい。

「ああそうだ、紹介しよう。彼は本店自慢の期待の新人、神無月クン。3号店の志保さん……あ、いや、神無月店長の弟さんだ。こっちは我が2号店の元ホープ、前田耕治くん」

そう言って隣に座ってる男の人の肩に手をかけた。

「元はヒドイなぁ……やあ、前田です。そうか、キミが明彦くんか。噂《うわさ》はいろいろ聞いてるよ。よろしく」

立ち上がって笑顔で手を差し伸べてきた。

前田耕治という人は、思ったよりも気さくな人だった。この人がともみちゃんを泣かせた張本人なのかとまじまじと観察したが、どうにも俺には信じられなかった。

何となく事情を察したのか、祐介さんは、さてと、と呟くと俺と前田さんを残して出ていった。

「そうか……キミ、今は4号店にいるのか。向こうの方はうまくいってるかい？」

訊きながら前田さんは自分用と俺にコーヒーをついで、それからイスを勧めてくれた。

「ええ、まあ、何とか……あの……」

「前田さんは、とも……愛沢ともみさんはご存じですよね？」

「……ん？　……ああ、もちろん」

「あの……俺なんかが口をはさむ問題じゃないとは思いますが……なんで、前田さんは愛沢さんの気持ちをわかってあげないんですか？」

「……ああ、その話か……それ、彼女から聞いたのかい？」

「いえ……別にそういうわけじゃ……」

何て続けていいのやらしばらく迷った挙げ句、とにかく用件を伝えることにした。

「えーと、ですね……ともみちゃん、あなたとのことで、今、すごく傷ついているんです……傷ついてるけど、でも、そういうのみんなに見せまいと頑張ってます。本当は……本当はもうボロボロなのに、無理して笑ってるんです。だから、その……俺としては何とかしてやりたいんです。そういうともみちゃんを見るのが辛いんで。それで今日は前田さんにお願いしに来たんです。何とかその……もう少し、ともみちゃんの気持ちを考えてあげてもらえないかって。少なくとも前田さんにはそうする義務があると思いますから。前田さんはどうして彼女が4号店のヘルプに行ったかその理由を知ってますか？　ともみちゃんは、本当はあなたの側に……」

「知ってるよ」

手にしたコーヒーカップをじっと見つめ、しばらく考えるようにしたあと、机《つくえ》に戻して話を続けた。

「わかってる。でも、だからって俺が彼女にしてあげられることは何も無いよ」

「……」

何となくその一言が俺にはやけに腹立たしく思えた。キミに言われるまでもなくそんな事はとっくに承知してる、余計なことに口を挟むなという雰囲気が感じられたからだ。

「……だったら、なぜ」

「………」

前田さんは黙ったまま俺の話に耳を傾けていた。

「ともみちゃんの気持ちを本当にわかってるんなら、何で放っておくんです、何で1人で4号店に行かせたんです？　ともみちゃんはね、あなたに迎えに来てほしいんですよ、連れ戻してほしいんです！　髪を切った理由だってあなたに振り向いてほしいからだ！　彼女にそこまでさせたのは、前田さん、あなたでしょう？　いい歳《とし》して、あなたは責任もとれないいんですか！」

美春さんのあの一件で反省したはずなのに、俺はまたしても危うくキレそうになった。

そんな俺を笑うでもなく反論もせずに、前田さんは穏やかな表情のまま頷《うなず》いた。

「うん……全く、キミの言うとおりだよ……本当にその通りだと思う。でもね……今の俺にはともみちゃんに優しくしてやることは出来ないんだ。もうその資格さえないからね」

それから前田耕治さんは、この2号店に務める同僚の榎本《えのもと》つかささんという女性と婚約している事を俺に説明した。ともみちゃんとも特に深い関係があったわけでなく、それはいうなれば、ともみちゃんの一方的な思い込みだった。

「け、けど……だからって、このまま何もしないなんて、それは何かおかしいです」

「そうするしかないんだよ。俺が下手に今、ともみちゃんに優しくすれば、結局、また傷つくことになる……同じ辛い思いをするのなら、まだ傷が浅くてすむ今のうちがいいんだ。あとは時間が解決してくれるのを待つしかない。結局はね」

それだけ言い終えると、前田さんは空になった自分のカップに気づいて、再びコーヒーをつぎに立った。

「それが、大人《おとな》のやり方ってやつですか。なるほど大変勉強になりました」

「納得してくれてないみたいだね……だったら、どうすればいいか、俺に教えてくれないか？」

背を向けたまま、コーヒーをつぎながら俺にそう尋ねた。

「あなたには任せられない。ともみちゃんのことは、俺が……俺が責任持って守りますから」

前田さんは、そうか、と静かに呟いて、

「キミは優しいんだな……けどね、優しくするだけじゃ駄目な場合もあるんだっていう事を覚えておいた方がいいよ。俺みたいに後悔する前にね」

そう言って振り向いた前田さんは、俺の方を見るなりいきなり顔色を変えた。

その反応に何事かと後ろを見ると、そこにはともみちゃんの姿があった。

「……な、なんでなの」

どうして彼女がここにいるのかわからなかったが、それはともみちゃんの方も同じだったようだ。ただ、どうやら俺たちの話を聞いていたというのは、ともみちゃんの暗く悲しい表情から明らかだった。

「なんで、お兄さんがここにいるの……」

「……その……前田さんにともみちゃんの気持ちを知ってほしくて」

「なんで……どうして？　お兄さんには関係ないじゃない。勝手なこと……しないでよ」

その悲しい瞳《ひとみ》は俺を非難していた。どうして俺はともみちゃんにこんな悲しい目で責められなくちゃならないんだろうか。

「勝手って。俺はただ、その……ともみちゃんの悲しい姿を見るのが辛かったから……だから……」

なのに、俺はどうやらともみちゃんを悲しませてしまったようだ。

ただ、ともみちゃんを守りたかっただけなのに……。

「帰って……帰ってよ！　お兄さんなんて……大嫌い……」

「ともみちゃん、そんな言い方は無いんじゃないかな……神無月くんはね、キミのことを心配して、わざわざここまで来たんだ。俺にお説教までしてたんだよ」

前田さんは俺の方を見て笑った。それから再びともみちゃんに向かって、

「キミだってそんなに子供じゃないはずだ……少しは人の気持ちをわかってあげてもいいんじゃないかな」

「お兄さんの気持ちはわかるのに、どうしてともみの気持ちはわかってくれないの……」

「どうしてって……それは……」

「どうして、ともみじゃいけないの！」

ともみちゃんは前田さんにすがりついた。すがりついて泣いていた。

一番、俺が見たくなかった悲しい姿だった……。

俺はもういたたまれなくなって、それ以上ともみちゃんが傷ついてボロボロになっていく姿を見るのはイヤだったから、２人を残してその場から出て行った。俺は結局何もしてやれない。ともみちゃんが望んでいるその役は前田さんなのだから。

「あの……大丈夫ですか？」

見るとさっき事務所を案内してくれたウェイターだった。中の様子に気づいて心配しているようだった。大丈夫も何もなかったが、誰かがどうする事も出来ない訳だし、

「えーとですね、今、アレなので、しばらくそっとしておいてあげて下さい」

何がアレなのかわからないが、とりあえずそう説明するしかなかった。

「そうですか……結局、こうなってしまったんですね。何となく予想はしてましたけど。世の中、なんでこううまくいかないものなんでしょうかね」

ウェイターはまるで自分のことのようにそう呟いた。この人、すごく心の優しい人なのかもしれない。その言葉に俺はちょっと救われた気になった。

「あの、それじゃあ、俺帰ります……すみません、何かお騒がせしちゃって。あ、そうだ……もし、ともみちゃんが出てきたら、えーと……あ、駅前にあるバーガー屋にいるからって伝言お願いできますか？　俺、30分ぐらいはそこで時間潰《つぶ》してますので、それより長くかかるようだったら伝言はいいです……あー、でも、出てきた時の雰囲気ってのもあると思うのでやっぱり伝言はいいです。すみません、それじゃあ」

それだけ言って2号店を後にした。

そのまま駅に向かうつもりだったが、時刻表を見ると次の急行まで40分以上待たなければならず、同じ待つなら涼しいところがいいだろうと結局バーガー屋に入った。

せっかくの休みだというのに、俺は何しにこんな所まで来たんだろうかと後悔しながら

シェーキを啜《すす》り、急行が来る5分前に店を出た。

きっぷを買おうと券売機に向かおうとしたら、ウサギのような大きなリボンをつけた女の子が信号を渡って走ってきた。ともみちゃんだった。

「お兄さん！」

俺の前まで来ると、はぁはぁと荒い息をしながらしゃがみこんでしまった。白い肌は汗でびっしょり濡《ぬ》れていた。

「……何やってるの？」

「だって、駅前のバーガー屋さんで待ってるって言うから、もしかしたらと思って捜したんだけど、駅前のバーガー屋さんって、反対側とこっちに4つもあるから、どこにいるのかわからなくて、それで行ったり来たりして……」

「あーいや、だから、その伝言は伝えなくていいって言っておいたんだけどなぁ」

「うん、そう聞いたけど……でも、もしかしてってこともあるから……だから……」

炎天下の中、駅のあっちとこっちを駆けずりまわっていたため、息も上がってしゃべるのも辛そうだった。

「わかった、わかった、説明はいいから……とにかく、何か冷たいものでも飲もう」

「……お兄さん……」

「ん？」

「…………………ありがとう」

本当はいろんなことを言いたかったのだろうけど、ともみちゃんが、今、俺に言える言葉はその一言であり、ごめんねの代わりにその言葉を選んだのは、それなりの理由があってのことなのだろう。

ともみちゃんはしばらく迷子の子犬のように俺を見つめると、やがて見る見る目に涙が溢《あふ》れはじめ、ハンカチを渡す間もなく、それはもう瞬く間に本格的な土砂降り状態になってしまった。俺は黙って、震えているその小さな肩を抱き寄せ、それから一緒に駅前の日陰で冷たいオレンジジュースを飲んだ。

そうして久しぶりに東京で過ごした一日は、ほろ苦くて切ない思い出となった。

第五章　傷の痛み

今朝は久しぶりにともみちゃんの元気な声で目覚めた。

そのせいじゃないけど、空も快晴で、潮風も心地よく実に気持ちのいい朝だった。

「……お兄さんと出勤するの、久しぶりだね」

「うん、ほんと、久しぶりだ……」

淡い栗《くり》色の髪が風に揺れるのを眺めながら、こうしてともみちゃんと並んで歩く幸せをしみじみと感じた。

「お兄さん……あのね……ともみのことで、いろいろ心配かけちゃって、ごめんね」

「……いやあ、俺《おれ》の方こそ出しゃばったことして、ごめん」

「ううん……そんなことないよ。本当はね……嬉《うれ》しかったの」

それから急に俺の前に回り込むと、にこっと微笑《ほほえ》んだ。

「でも、ともみだったら……もう平気だよ。いっぱい泣いちゃったから」

その顔はまだ少し無理してるなと思わせるものがあったけど、ともみちゃんらしいいい笑顔だった。

「……お兄さん……手……つないでもいい？」

「手？　……うん、いいよ」

「……えへへ……お兄さんって、優しい」

そう言って触れてきた小さな手は、とても健気《けなげ》なものだった。

お昼のピークも過ぎた頃《ころ》、事務所でほっと一息ついていると、ナナちゃんが今にも泣き出しそうな顔で飛んできた。

「明彦さん、またあの人たちが……」

事務所のドアからそっとフロアを見ると、入り口のところで例の2人組が昇を相手に何やら息巻いているところだった。

「あ、あの、ど、どうしたらいいんでしょう」

オロオロとすがるように俺のシャツを掴《つか》んだ。幸いというか運悪くというか、ちょうど午前と午後のスタッフの入れ替わりの時間だったので、朱美さんも美春さんもまだ出勤していなかった。

「……大丈夫……俺が何とかするから。ナナちゃんは昇とお店の方を頼むよ」

ナナちゃんにそう言い残し、俺は申し訳なさそうな顔をした昇とバトンタッチした。

「よう、この前の兄ちゃんじゃねぇか……どうした、この前の続きでもやる気か？」

「あいにくだけど今日は美春さんは休みだ。その代わり……彼女の住んでいる所を教えるよ」

意外な申し入れに、2人組は神妙な表情で顔を見合わせた。

「……ほう、そりゃご親切に。そんじゃさっさと案内してもらおうじゃねぇの」

俺は2人組を連れて駅前まで歩いた。途中、わざと聞こえるように美春さんの過去について、つまらない話で盛り上がってはヘラヘラと下品に笑っていたが、俺はとにかく黙って駅を目指した。

「おい、駅まで来ちまったじゃねぇか。お前、本当に美春んち、知ってんのかよ？」

「今停《と》まってる急行を逃すと次は1時間待ちだから走った方がいい……それじゃ」

「てめぇ、ナメてンのか？　こんなマネして俺たちがおとなしく帰ると思ってンのかよ」

長髪が俺の襟首を掴んで凄《すご》みを利かせた。ちらりと交番を見る。

俺の視線に気づいてか長髪は手を離し、それから馴《な》れ馴《な》れしく肩に手をかけ、そのまま雑居ビルの合間にある路地まで連れ込んだ。

「ここならオマワリも気づかねぇ。……なあ、頼むから教えてくんねぇか？　俺たちと美春はよぉ親友なんだよ、わかんだろ、ダチなんだよ。どうしてもアイツと会わなくちゃならねぇんだよ……なあ？」

「ああ、そうそう。美春に借りたモンがあって、それ返しに行くんだ」

「……だったら俺が代わりに渡すよ」

金パツはポケットウイスキーをあおりながら、馬鹿《ばか》みたいに大笑いした。

「ちっ……ったく、オメェもわかんねぇ奴《やつ》だな……なあ、そんなにアイツのこと庇《かば》って、なんか得することでもあンのかよ？」

「美春とヤリてぇんだろ」

そう言うとまた金パッツは酒をあおって大笑いした。

「……帰ってくれ。美春さんは……もうあんたたちと関係無いんだ」

長髪と金パッツは顔を見合わせ、わざとらしく肩をすくめる仕草をした。

「わかった……ＯＫ、もう美春のことはいいや。悪かったな、しつこく何度も聞いて」

そうして大きく深呼吸したあと、

「ところでお前、バイトか、社員か？」

「……アルバイトだ」

「そっか……じゃあ、手加減しなくていいよな？」

そう言うと、俺の鳩尾《みぞおち》に容赦なくパンチを入れた。息ができなかった。俺は腹を抱えたぶざまな恰好《かっこう》のまま地面に突っ伏した。その俺の腕を掴んで引っ張り上げると、金パッツは無理矢理、ウイスキーのビンを口にねじ込んできた。熱い液体が喉《のど》いっぱいにそそぎ込まれ、俺はげほげほとむせかえった。

そんな姿を金パッツは大笑いして眺め、それから俺の髪を掴んで顔を持ち上げるとそこに力いっぱいパンチを繰り出してきた。その指には禍々《まがまが》しい髑髏《どくろ》の指輪が光っていた。一瞬後、俺の目から火花が散った。

とくにケンカに自信があった訳じゃないけど、それなりに身体《からだ》は鍛えてあったし、いざとなったら割といけるんじゃなかろうかと思っていた。だが、こういうものはいくら力があっても、場数を踏んで経験を積まないとダメなのだなぁと心底思い知らされた。

どこかを切ったのだろうか、いつの間にか顔から赤い鮮やかなものがポタポタと滴っていた。それでも2人組は面白そうに代わる代わる蹴《け》りを入れたり、ボクシングのマネをしながらサンドバッグさながら俺の顔や腹めがけて何度も殴りつけてきた。何も反撃できない自分が情けなかった。だからせめて抵抗する代わりに、ダウンだけはすまいと気力を振り絞って立ち続けた。

シャツもお気に入りの古いジーンズもいつの間にか飛び散った血で赤黒く汚れていた。洗濯するの面倒だなぁと下らないことを考えているうちに、地面が急に近づいてきた。

「お巡りさん、こっちこっち！　ここですっ！」

遠くの方で声が聞こえた。

「ちっ、やべぇ、行こうぜ」

声と共に2人組の足音が遠ざかっていった。

目を開くと男の子が心配そうな顔で覗《のぞ》きこんでいた。

こんな時に思うことじゃないかもしれないけど、見ているこっちが照れくさくなるほどの可愛らしい美少年だった。地獄から一転して天国に来た気分だ。

「ね、ねぇ、大丈夫？　すごいケガだよ……ちょっと待っててね、とにかく、お巡りさん呼んでくるから」

織細なボーイソプラノだった。美少年というのはどうやら声まで凡人と違うらしい。天使がいるとしたらきっとこういう声なのだろう。

それにしてもこんな時でも頭は働くものである。さっきの言葉はハッタリだったのかと気づいた。同時に警察沙汰《ざた》になったら、美春さんや朱美さんたちにも迷惑をかけるから、とにかくマズイと判断した。

「……警察は……だめだ……」

腹に力が入らないのと、口の中を切ったのとで、うまく言葉が出てこなかった。何となく一世一代の大勝負を終えたボクサーのような気分だった。

「だめって……じゃあ、救急車ならいいよね？」

「よ……………呼ば……なくていいんだ……なにも……呼んじゃ……だめだ……」

「そんなのダメだよ！　だって、こんなに血が出てるんだよ……このままじゃ、キミ、死んじゃうよ」

「だ、大丈夫……血の気が……多い……だけだから……」

「こんな時に冗談言ってる場合じゃないよ、とにかくボクのバイト先がすぐそこだから、ねえ、立てる？」

そう聞かれて初めて自分が地面に倒れているのだと気づいた。口の中に血の味がする。

男の子は肩を貸してくれて必死になって俺を立たせようとしたが、体格差はいかんともしがたく女の子みたいに小柄な彼は、ううっと唸《うな》るだけで精一杯のようだった。

彼の真新しいシャツに俺の血がこびりついているのを見て、何だか、もうその気持ちだけで胸がいっぱいになった。

「……神無月……くん？」

懐かしい声がした。声の方に振り向くが何も見えない。

「やだ……ちょっと……何よ、何で……こんなことになっちゃってるのよ……！」

どうやってここがわかったのだろうか、俺の側《そば》に美春さんがいた。びっくりしたというより、血の気を失った真っ青な顔で俺を見下ろしている。さっきの男の子が美春さんの横で何かを説明しているようだった。

その路地で覚えているのはそこまでだった。

誰《だれ》かの泣き声が聞こえた。それはよく見る子供の頃の夢のようでもあったし、あるいは美春さんの声かもしれなかった。

とにかく、みんな悲しいことがあると泣くのだ。

俺は男だからめったに泣けないのが辛《つら》い。

チリンという音で目を覚ますと、そこは見覚えのある部屋だった。

首を起こすと、部屋の角で小さく身体を丸めている美春さんの姿があった。

さっきまで泣いていたような、そんな表情だった。

何で美春さんの部屋にいるのか、どうやってここに来たのかさえ覚えていない、というか全くわからなかった。

俺の視線に気づいてこちらを見返す。とても悲しい目だった。

「……何で、あんなバカな真似したの」

「な、何でって……その……成り行きでっていうか……うまくいくかなって思って」

「……成り行きで、死ぬつもりだったの？　あいつらだってそこまでしないと思ったの？　……あの2人はね、何度も傷害事件で捕まってるの、あなたが思ってるようなただの不良じゃないの！　……たまたま、親切な人がいたから助かったけど、あのまま続いてたら、あなた、そんなケガじゃ済まなかったんだから！　…………ばか！」

最後の一言は余計じゃないかと思った。

「どうせ俺はばかですよ。美春さんのこと守るつもりだったのに、逆に助けられてるなんて……かっこわり」

「誰が……誰が、いつ守ってほしいなんて言ったのよ、そんなことされて私《わたし》が喜ぶとでも思ったの⁉」

「……」

「……ばか……なに、無理して恰好つけてるのよ……」

「む、無理してなんかないよ……恰好つけてたかもしれないけど」

「………お節介にもほどがあるわよ……私は……あなたにそこまでしてもらうほど、価値のある人間じゃないのに」

「価値って、そんな物じゃないんだから。そんな言い方、俺はあんまり好きじゃないな」

「……物と同じよ……」

「……」

「あいつらから聞いてるでしょう……私が……どういう女だったか……」

「……いや……全然。あいつら何も言って無かったし」

「そう……じゃあ教えてあげるわ、私はあの2人に慰みものにされたの。わかるこの意味？　……イヤじゃなかった。自分でも何て馬鹿なことしてるんだろうって判ってたのに、1人になるのが寂しかったから、私を必要としてくれるから彼らに嫌われたくないから、私……どんな恥ずかしいことだって言われれば何でもやったわ！」

「美春さん、ちょ、ちょっと待って……」

「それだけじゃない。妊娠したの……私……私……子供堕《お》ろしたの。生まれる前の赤ちゃん、自分の手で……殺しちゃったの！」

「ああぁーーっ、もう、黙れって言ってんの！」

美春さんの頬《ほお》を軽くぺしっと叩《たた》いた。

途端、美春さんの目に溢《あふ》れていた大粒の涙がこぼれた。

「あっ、その……ごめん……なさい。でも……無理して自分を卑しめることないですよ。昔のことなんてもう関係ないじゃないですか。そりゃ辛い過去かもしれないけど、けど、今さらどんなに悔やんだところで、過ぎてしまった時間をやり直すことなんてタイムマシンでもない限り不可能なんだし、それに気づいて美春さんなりに見つけた新しい道がPiaキャロットだったんでしょ？　だったらそれでいいじゃないですか。誰も美春さんの過去に何があったかなんて気にしませんよ。もし知ったとしてもみんな何とも思わないですよ……あの人たちはそういう人たちだってこと、美春さんだってわかってるでしょう？」

「……本当は……本当は……あなたにだけは……知られたくなかった」

消え入るようなか細い声だった。頬を伝いぽたぽたと涙が落ちる。

「……でも……………黙っているのはもっと辛かった」

そこまで言うのがやっとという感じで、あとはもう何かに怯《おび》えているように身体を震わせ、ひたすら啜《すす》り泣いていた。風に揺れた風鈴が音を立てる。

他人の悲しい過去など知らなければそれにこしたことはないと思う。けど、それを知ってしまった時、今まで通りその人との関係を続けられるか、その過去まで引っくるめて、その人を認めてあげることができるかどうかはきっと人間の器の大きさによるのだろうと思う。俺はまだ自分が思っているほど大人《おとな》ではないし、器の土台すら未完成なガキかもしれないから、美春さんの全てを知って、それを何のためらいもなく受け入れられるか自信が無かったけど、少なくとも今、俺の目の前にいる美春さんは認めてあげたいと思った。

「えっと……その……話してくれてありがとう。けど……もうそれ以上話したら、俺、今度は本気でひっぱたきますよ」

「……ごめんなさい、ごめんなさい……本当に……ごめんなさい」

「ああ、もうそんなに謝らないでくださいよ……美春さんらしくないなぁ」

「だって……だって、神無月くんに……こんなひどい目に遭わせちゃったのに……私……ばかなんて言っちゃって……本当は……違うのに……私が一番ばかなのに」

再び美春さんは泣き出した。何だか目の前にいる美春さんはいつもとは別人のようにやけに子供っぽく見えた。

「……ここに来れば……何かが変わると思っていたの。あの場所なら、全てやり直せるって……本気で信じていた」

「はじめて神無月くんと会った時……弟そっくりでびっくりしたけど……でも、この人が側《そば》にいてくれれば……この人と同じところで働くのなら、きっと、私……もう一度やり直せるって……幸せになれるって、そんな子供っぽいこと考えて……ばかみたいにどきどきしちゃって……」

「……」

「いまさらこんなこと言っても信じてもらえないってわかってる……でも……もう、後悔するのはいやだから……それだけは、神無月くんに知っておいてほしかった。ほんの少しの間だったけど、あなたに会えて本当によかった」

「ちょ、ちょっと、待った……ほんの少しってどういうことですか？　まさか……お店、辞めちゃうなんて言いませんよね？」

「あそこには……もう、いられないもの……私みたいな人間が、あんな可愛《かわい》い制服着るなんて無理だってわかったから」

「また、そうやって逃げるんですか？　逃げて……それでまた新しい隠れ家を探して……それじゃ結局同じことの繰り返しじゃないですか」

「でも……もう、あのお店にも……神無月くんの側にもいられない……そんな資格……私には無いもの……」

「居《い》ていいんですよ。美春さんがそうしたいのなら、ずっとＰｉａキャロットに居ていいんです。だから……だから、その……もう逃げるのはそろそろ止《や》めにしませんか？」

美春さんは叱《しか》られた子供のようにじぃっと俺の顔を窺《うかが》った。何とも儚《はかな》げというか、抱きしめた瞬間に崩れ去ってしまうような、俺としてはとても困ってしまう様子だった。

だから、出来るだけそっと優しく、壊れないように美春さんを抱きしめた。

一瞬、びくっとその肩が震える。

「だめ……そんなに……優しくしないで」

「あ……ご、ごめん……つい調子に乗っちゃって……あははは」

「違うの……だって、私……汚れてるもの……」

「また、そうやって自虐的なこと言う。マリアさまじゃないと肩1つ抱きしめちゃいけないんですか？」

「……だ、だって……私に気を遣って無理してるって思ったから」

「言ったでしょう？　俺は無理なんかしてないですよ」

それからゆっくりと美春さんにキスをした。肩とか身体中のあちこちが痛かったので、かなりぎこちないものだったけど、美春さんの唇はとても柔らかくて、何もかもイヤなことを全部忘れさせてくれるような、そんな気分にさせてくれるものだった。

女の人の服を脱がせるというのは、なかなかドラマや映画のようにスマートにはいかないものである。これもやはりケンカ同様、経験値を溜めねば上手くならないのだろう。

緊張を悟られないよう美春さんのキャミソールをゆっくりたくしあげ、ジーンズもぎこちなく脱がし終えた。もうすっかり小麦色の肌にミントカラーの下着だけになり、目を潤ませて俺を見つめている美春さんの姿に、情けないことに少したじろいでしまった。

それでも高ぶる気持ちは収まらないもので、気がついたら美春さんの身体に覆い被《かぶ》さりふくよかな乳房に触れていた。

日焼けした肌にそこだけが真っ白く、その先端の乳首は綺麗《きれい》なピンク色だった。

すごく敏感なのか、もう大きく隆起している。ゆっくりとその赤い蕾《つぼみ》をつまむと、途端にびくんっと激しく反応を見せた。

「……い……意地悪」

やっぱり美春さんは感じやすい体質なのかもしれない。

そのままショーツに手をかける。美春さんは顔を背けて、じっと恥じらいに耐えてた。

膝《ひざ》まですっかり脱がせると、見られるのが恥ずかしいのか、身をよじって少しだけ抵抗している。だからちょっと意表をついてやろうと、お尻《しり》の方から手をやると、そっちはダメっ、と真っ赤になって拒んだ。やっぱりこっちは恥ずかしいのかなと美春さんの顔を見ると、どうもやっぱりそっちに触れられるのは本当にイヤらしく、何となく俺もその表情から一瞬ヤなことを想像してしまったので、少しだけ心苦しくなった。

別に萎《な》えたわけじゃないし、美春さんを抱きたいという欲求は偽りのないものだったけど、自分がしていることは、そんなにあの連中と変わりが無いんじゃなかろうかとふと考えてしまい、一度そう思ってしまうと、もうどうしたらいいのか判らなくなって、自己嫌悪の無限ループに陥ってしまった。

「……神無月くん……大丈夫？」

「あ、あはは……な、何とか……」

俺の様子に気づいて、それからちらりと美春さんは俺のアレを見て、本当に申し訳なさそうな表情になった。

「あ、いえ……その……あ、あはは、俺が悪いんです……気にしないで下さい」

「……本当に……無理してないの？」

「その、本当のこと言ったら……ちょっと変なこと想像しちゃいました。ごめんなさい」

「そう……うぅん、いいの、私が気をつけなかったから、神無月くんをそういう気分にさせちゃったんだもの……私の方こそ、ごめんなさい」

「やっぱり、やめましょう……こんなこと」

そう言って、美春さんは身体を起こし、膝まで下ろしたショーツに手をかけた。

「美春さん」

「……えっ？」

俺はちょっと強引に口づけをした。そのまま再びベッドの上に押し倒し、それから美春さんの秘部にそっと触れる。指先に熱く湿った感触が伝わる。

「俺は……あいつらとは違う」

「か……神無月くん……あン」

「……美春さんを……悲しませたりはしない」

じぃっとその深いグリーンがかった瞳《ひとみ》を見つめる。その瞳の奥に俺がいた。頼りない男だった。それでも美春さんを守りたかった。美春さんの心に繋《つな》がれた見えない鎖を断ち切りたかった。

「……きて……」

その言葉に導かれて、俺はゆっくりと美春さんの熱い部分に自分の一部を挿入した。美春さんのその熱く心地よい壁がぎゅっと俺を締めつけ、それだけでもう果ててしまいそうだった。

「あ……ゆっくりでいいから……焦らないで」

再び美春さんの柔らかい唇にキスをしながら、そのまま俺は言われた通り、ゆっくりと腰を動かして美春さんの一部となった。

「はあぁっ……ン……」

深くその奥を突く度に美春さんは甘い声をあげた。切なくて、とても艶《なま》めかしい声だった。その声に合わせるかのように、俺は徐々に腰のスピードをあげて、窮屈な抽挿《ちゅうそう》運動を繰り返す。2人の荒い息づかいと共にベッドが音を立てて揺れる。

早くも達しそうな俺の背中に美春さんがそっと手を回して囁《ささや》いた。

「……そんなに動かなくても……大丈夫だから……」

俺は頷《うなず》いてそれからゆっくり深々と突きながら、美春さんの豊かな乳房にキスをした。

1つになったその部分はとろけそうなほどに熱く濡《ぬ》れて、全身で美春さんを感じているような心地よさだった。

「美春さん……はぁ……俺……もう……」

「ん……いいの……そ……そのまま……」

ぎゅっと力いっぱい、美春さんの身体を抱きしめ、こみ上げてくる熱いものを何度も何度も美春さんの身体の中へと放つ。

瞬間、美春さんは熱く深い吐息を漏らして果てた。

そのまましばらく汗に濡れたままで俺と美春さんは抱き合った。

お互いの心臓が心地よいリズムを刻んでいた。

「ねぇ、神無月くん……私……本当にこの街に居ていいのかな」

「……美春さんは……4号店は嫌い？　朱美さんたちのことは好きじゃない？」

「ううん、そんな……好きよ」

「じゃあ、Ｐｉａキャロットの制服は？」

「……もちろん、大好き……すごく気に入ってるわ」

「それじゃあ、俺みたいな生意気な年下と働くのはイヤ？」

「もう……そんな意地悪なこと聞かないで」

「だったら……辞める必要なんか無いんじゃない？」

「……うん」

「よかった……じゃあ、これでまた美春さんの制服姿、見られるんだ」

「………ばか」

そう言うと頬を赤らめ、美春さんは裸のままバスルームへと消えていった。

その後ろ姿は本当に綺麗だった。

美春さんが出るのを待ってバスルームを借りた。さすがにシャワーを浴びられる状態ではなかったけど、顔だけはサッパリしておこうと鏡をのぞき込むと、そこに映った己の姿を見て、思わずぎょっとなった。右目は大きく腫《は》れ、口の端は紫色の痣《あざ》ができていた。もともと自慢するほどの顔じゃなかったが、こんな痣だらけの顔で、美春さんに偉そうに説教した上、あんなコトまでしたのかと思うと、恥ずかしさでいっぱいになり、どっと冷や汗がでてくる。うーむ、きっと筑波のガマもこれと似たような気分なのかもしれない。

いやいや、案外、男は顔じゃないかもしれないぞ。うむ。

ベッドルームに戻り、美春さんの横に座る。トランクス一丁の俺の姿に、目のやり場に困ってるようだった。それはPiaキャロットでの俺と美春さんの立場を逆転したもののように思えて、なぜか妙におかしかった。仕方がないので血で汚れたシャツとジーンズを身につけようとしたら、代わりに、うちにあるのではこれが一番大きいサイズなんだけど、と自分のジーンズとシャツを差し出してくれた。

美春さんのシャツを着ながらふと写真立てに目をやる。昔のものだろうか、今よりは髪が短くメガネをかけた美春さんが厚手の真っ白なセーターを着てこっちを向いて微笑んでいる。雰囲気そのものもどこかのお嬢さまといった感じで、今とは印象が違っていた。その隣には同じような笑みを浮かべた青年がいた。

「……それ……家族で旅行に行った時に撮ったの……おかしいでしょ、私……全然、今と違ってて」

「隣のこの人が春彦さん？」

「ええ……うふふ、何だか頼りなさそうでしょう？」

確かに線の細い、ひょろっとした人だった。顔つきもどこか美春さんに似てて、歌舞伎《かぶき》の女形とかやったら似合いそうな、そんな繊細さが窺える。いったいこの人と俺のどこが似ているのだろうかと不思議に思って、聞いてみた。

「神無月くんが気づかないだけよ。それにその写真撮った頃、春彦、まだ病気がちだったから」

そう言われて、うーむ、やはり俺とは似てないと思うんだけどなぁともう一度、じっくりと写真の青年を見てみる。その優しい笑みに見覚えがあった。

「うふふ、やっと自分に似ているって気づいた？」

「……いや、そうじゃなくて……その……俺、この人と会ったことがあるんだ」

「えっ？」

「ねぇ、美春さん。もしかしたら、春彦さんと会えるかもしれないよ」

早朝だというのに俺は時間も気にせず、夏姫さんに電話を入れ、午前からの出勤を何とか変えられないか頼み込んだ。怒られるのは覚悟の上だった。

夏姫さんという人は、プライベートな時間でも、やっぱりマネージャー然としている人だった。

急な電話で叩き起こされ、無理な頼みを一方的にまくしたてられても、黙って最後まで聞いてから、

「わかったわ、お店の方は私が何とかします。その代わり夕方に届く材料の搬入と倉庫整理はやってもらいます」

と一切理由を訊《き》かずにそれだけ言って電話を切った。

2号店のある仲野駅に着いたのは、開店時間から30分ほど過ぎた頃だった。下りと違って、平日のそれも午前中の美崎駅から東京方面への急行は、通勤特急とかいう乗車率200パーセントのとんでもないのしか無かったので、俺と美春さんは各駅列車に揺られて到着した。

俺と違ってほとんど一睡もしてないのにもかかわらず（ついでにいえば昨日の夜は結構、

体力を使ったわけで)、美春さんは疲れも見せず、乗り換えの駅では俺に冷たいウーロン茶を買ってきてくれたりもした。俺とは2つしか歳《とし》が違わないのに、ずっと大人なんだなぁと思った。

店内に入ると、昼前なのにもうほとんどのテーブルは埋まっていた。

カウンターの奥にいた店長の木ノ下祐介さんが俺を見つけると、その痣だらけの顔にちょっと驚いた様子を見せ、隣にいる美春さんと俺の顔を交互に見比べて何やら納得したように笑ってそのまま事務所に戻って行った。何かとんでもない誤解をしているようだ。

「あの……ご注文の方、お決まりでしたら伺いますが」

2人の座ったテーブルに来たのは、この前、俺を案内してくれたあの新人ウェイターだった。写真よりはいくぶんがっちりして見えた。家を出てこの2号店に来るまでの半年の間に、この人もきっといろいろあったのだろう。

「…………あ…………姉さん」

「は……春彦……」

2人は見つめ合ったまま、しばらく無言でそうしていた。

春彦さんの持ったトレイがカタカタと音をたてて震えている。

伝えたいことはたくさんあっただろうと思う。でもそれは口にせずとも、血の繋がった――過去にどういうすれ違いがあったにせよ――慈しみあった姉弟には、そうやって見つめ合っただけで十分伝わるのかもしれない。

「ケーキセットを1つ……それから……」

「あ……じゃあ、俺も」

「は、はい……かしこまりました。い、以上で……よろしいですか？」

こらえきれず流れ出る涙を何度も手で拭《ぬぐ》いながら、必死にオーダーを確認する。

「……ええ」

昔は細く華奢《きゃしゃ》だったと思われる血豆だらけの春彦さんのその手を、美春さんは優しくぎゅっと握りしめた。

「ああ、そうそう冬木先輩、うちのＰｉａキャロット4号店にも、こういう小物があるといいんじゃないですか？　向こうに戻ったらマネージャーに提案してみましょうよ」

すごくわざとらしいと思ったけど、俺はそんなことを言ってみた。

深々とお辞儀をしてから春彦さんは去って行った。


仲野駅のホームで美崎駅行きの急行を待ちながら、俺と美春さんはベンチに座り缶コーヒーを飲んでいた。

本当はもう少しゆっくりしていてもよかったのだが、午後の出勤時間に遅れるからと美春さんが譲らなかった。夏姫さんに無理を言って午後に変えてもらった俺を思ってのこと

夢回

だと思う。

「……色々と……ありがとう」

「えっ？……あー、たいして役に立ってないと思うけど」

「……ううん……神無月くんがいなかったら、私……きっとあのお店を辞めて、また、どこかに逃げていたと思う。それに春彦のことだって……」

「あれは、まあ、奇跡的な偶然のなせる業ってやつで……それに春彦さんの事は、風の便りに美春さんがＰｉａキャロットに勤めているのを知って、それで2号店でバイトをはじめたんだし、いずれ遅かれ早かれ、美春さんのことは自力で捜し出したと思いますよ」

「……そうかしら」

「そうですよ。だからそんなに感謝しないで下さい。美春さんはやっぱりちょっとトゲのあるいつもの澄ました美春さんの方がしっくりきます」

「私、そんなに神無月くんをいじめてたかしら」

「そりゃあ、もう。何度、涙で枕《まくら》を濡らしたことか」

「うふふ……そうねー……神無月くんには高井さんがいるんだし、私は活を入れる役を引き受けようかしら」

「や、やだなあ、高井だってそれほど優しくないですよ」

「……ふーん……うふふ、やっぱり、本命は彼女なんだ？」

「うっ……いや、その……」

「いいわ、昨日のことは内緒にしておいてあげる」

こういう時は感謝すべきなのか、それとも意地を張って、「俺には美春さんだけだよ」と青春ドラマよろしく突っぱねるべきなのか……。

逡巡《しゅんじゅん》している間に美崎海岸行きの急行が来てしまった。

「クスクス……何真剣に悩んでるのよ、さあ、早く行きましょ」

どちらにしても美春さんにはウソはつけないようだ。

第六章　湯けむりの告白

あの日以来、例の2人組はやって来なかった。俺《おれ》は俺で顔中傷や痣《あざ》だらけで出勤して、朱美さんをはじめみんなを大いに驚かせたり、案の定、夏姫さんからはクドクドと長い説教を受けたりした。そんな有様だったこともあり、あれから数日間は倉庫番やら事務所で夏姫さんの仕事を手伝ったりして過ごした。

ようやく顔の腫《は》れも引け、フロアの仕事に戻ったその日の帰り道、俺は坂道を下りてやってくる、ちょっと普段と様子の違う……というか、サングラスにマスク姿というあからさまにあやしい姿の昇を目撃した。俺に気づいて、早足で寮へ向かおうとする昇を呼び止め、そんな恰好《かっこう》で何やってんだよ？と問い詰める。

「いやあ、あはははは、日射《ひざ》しが強いもんでちょっとサングラスを」

「日射しも何ももうとっくに夜だぞ。それに、そのマスク」

「こ、これか？　花粉症でさぁ～、へっくし！　あうう、今年のスギ花粉はきくなぁ～」

「……ふーん、夏に花粉症ね」

「い、いや、あははは、その、風邪だよ、夏風邪。ゲホゴホ……流行《はや》ってるらしいよ」

「……ま、どっちでもいいけど。で、その袋の中にあるビデオは何だ？」

「ぎくっ！　何でこれがビデオだと……ハッ！　お前、ひょっとしてエスパーだろ!?」

「いや、袋にビデオショップの名前が書いてある。でかでかと……まあ、お前のことだから、どうせエロビデオだろ？」

「し、失敬なっ！　こいつをよく見ろ！」

取り出したビデオを見ると、どうやら新作のホラー映画のようだった。勝ち誇ったようにしている昇から、後ろ手に隠しているもう一本のビデオを取り上げる。

「ふむふむ『濡《ぬ》れた誘惑★ロリータフェイスの奈々子ちゃんが貴方《あなた》の××をぺろぺろ』か……うーむ、いかにもアレなタイトルだな」

「あ、あははは、い、いや、そっちはついでというか……たまたま」

「ふーん、ついでにね」

「な、なあ、明彦、この事は貴子オバさんには内緒にしておいてくれよ。今だって、オレの親から監視役を頼まれてウルサイのに、こんなもの見つかったら、タダじゃすまないからさー。な？　この通り、今回の事は見逃してくれ」

「言うわけないだろ。まあ、何だ……ゴホン、俺も嫌いじゃないしな、こういうのは」

「そ、そうか？　あははは、いやあ、お前とは何かと気が合うな〜、うんうん。な？　ひょっとしてオレたちって親友ってやつ？」

「……どちらかというと悪友だろ」

「まあまあ、そう言わずに、ほら、これ貸すからさー」

昇はそう言うと、袋からさらにもう一本のビデオを取り出して、俺に押しつけた。

「『暴走痴漢電車〜終点までイって〜』……って、お前、いったい何本持ってんだ？」

「いやあ、あはは、在庫処分で安かったもんでつい」

口止め料代わりのビデオを受け取って、どうしたものかなぁと思いつつ寮に戻った。どうもこうも観るつもりだった訳で、悩む意味など無いんだけど。

部屋に戻ると、もうすっかり頭の中はビデオのことだけでいっぱいになり、いそいそとカーテンを閉め、ついでに部屋の明かりも消して、隣の管理人室にいる貴子さんに音が漏れないようヘッドホンなども準備してから、テレビの前に本陣を据えると、戦国武将よろしくいざ出陣とばかりにビデオをセットした。

何やら薄暗い闇《やみ》の中を懸命に走っている女の人の場面から始まった。エロビデオとはいえこれはどうやら音楽からしてなかなか本格的なものだった。いったいどういう風に痴漢電車の場面に繋《つな》がるか固唾《かたず》をのんで期待していると、お兄さん、と背後から声がかかり、文字通り飛び上がった。

振り返るといつの間にかともみちゃんがドアを開けて立っていた。

「何度、ノックしても出てこないんだもん。もう寝てたの？」

「あ、ああ、い、いや……ど、どうしたの？」

「えへへ、これ……ユキちゃんたちが置いてったから、お兄さんと遊ぼうと思って」

ともみちゃんは嬉《うれ》しそうに最新型のゲーム機を見せた。

「あれ？　ビデオ観てたの？」

うわぁと慌てて画面を隠そうとしたが既に手遅れだった。画面いっぱいに男たちに羽交い締めにされたあられもない姿の女性が映し出され、悲鳴をあげている。こりゃマズイとビデオのリモコンを探そうとあたふたしていると、画面の中の女性が見る見る間におぞましいモンスターに変貌したかと思うと男たちをバラバラに引き裂いた挙げ句、駆けつけたパトカーをひっくり返して大暴れしていた。

あまりのＳＦスプラッタアクション張りの急展開に呆気《あっけ》にとられていると、あ、これ、新作の？と、ともみちゃんが興奮気味に画面に釘付けになっていた。よく見ると見たことのある俳優たちが病院の一室らしい場所で、迫真の演技で何やら小難しい台詞《セリフ》を口にしているところだった。どうやら、昇の奴《やつ》は「ついで」のホラー映画を寄越《よこ》したらしい。そのおかげで助かったともいえるのだが。

結局、俺はともみちゃんとホラー映画を鑑賞することになった。派手なだけのＢ級ホラーだろうとタカを括《くく》っていたものの、途中からは背筋の凍るような展開になり、２人ともすっかり画面に見入っていた。クライマックスの頃《ころ》にはもう、それはかなり恐ろしいシーンの連続で、その度にともみちゃんはあうう～と肩を震わせては俺の腕にしがみついて、それでもエンディングロールが流れ終わるまでしっかり画面に釘付けとなっていた。女の子というものはどうして怖いと言いつつもこういうものが好きなのだろうか、俺にはその気持ちがよくわからなかった。

どうもやっぱりあの映画の影響か、なかなか寝つくことが出来ず、30分ほど寝返りをうってみた挙げ句、寝るのは諦《あきら》めて風呂《ふろ》に入ることにした。

こんな時間ならさすがに誰《だれ》もいないだろうから、ゆっくりとくつろげるはずだ。

鼻歌混じりに着替えと洗面道具を持ってドアを開けると、ともみちゃんの姿があった。

いきなり俺が出てきたせいか、慌てて階段の陰に隠れるように背を向けている。

「なにやってるの?」

「えっと……その……眠れなくなっちゃった……」

ともみちゃんは恥ずかしそうに答えた。

「寝ようと思ってたら、昇さんの部屋の方から女の人の声とか聞こえてきて……昇さん1人なのに変だなって思ってたら、そうしたらさっきの映画のこととか思い出して……それで何だか急に怖くなっちゃって……もしかしたら、お兄さんなら、まだ起きてるかなって……それで……」

「フムフム、なるほど昇の部屋からね……大丈夫、それは幽霊なんかじゃないから」

「……お兄さんは?」

「俺も同じだよ。あんまり寝つけないもんだから、ひとっ風呂浴びようと思って。やっぱり寝る前にあんなもの観るモンじゃないね」

「……あの……ともみも一緒に行っていいかな？　お風呂……」

「ん？　ああ、いいよ。待っててあげるから、早く準備してきなよ」

「うん！」

満月を眺めながら湯に浸《つ》かっていると、こんな真夜中でも気軽に露天風呂に入れるというのは、なかなか東京暮らしじゃ出来ない贅沢《ぜいたく》だよなぁとしみじみと思う。４号店に来て得したと思えた事の１つは、何といってもこの露天風呂が仕切り一枚を隔てただけの混浴であるという事実であった。昇に誘われてはじめてここを利用した時、あいつから秘密の「絶景ポイント」というヤツを教えてもらった。男女を仕切る衝立《ついたて》は一見したところ寸分の隙間《すきま》もないのだが、なにせ改築前からのシロモノなので、結構、あちこちガタがきている。中でもある一箇所の仕切り板は簡単に手で外すことが可能で、そうするとだいたい15cm四方の男女を繋ぐ「覗《のぞ》き窓」が出来上がるというわけだ。

許せんことに昇の奴はここから既に２回も女湯を拝見したらしい。１回目の時は朱美さんがいて、なかなかの素晴らしい眺めだったらしいが、２回目は昇にとってもっとも守備範囲から遠くにある貴子さんだったので、さすがに鑑賞どころじゃなかったらしい。

俺も志保ねーちゃんの裸など見たくないので、何となくその気持ちはわかる。

その覗き窓の存在を知って以来、気になっては、その前をうろうろしてみたけど、いざとなると結構、勇気のいるもので、残念ながらまだそこから女湯を眺めたことはない。

「お兄さん……いい湯だね♪」

衝立の向こうからともみちゃんが声をかけてきた。こんな時間だったので予想するまでもなく男湯には俺1人、そして向こう側《がわ》の女湯にはともみちゃん1人という状況だった。

まさに今こそがあれを試すチャンスじゃないだろうかと俺の中の悪魔が囁《ささや》く。おいおい、それはさすがにマズイだろうと天使がすかさず反撃する。しかし、覗いたからってともみちゃんが気づかなければ、何の問題も無い訳だ……というか、そもそもこんな仕切り一枚あった所で混浴とさして違わないんじゃないのか？　だったら遠慮することはない、と悪魔がリーチをかける。

俺は湯の中をゆっくり進み、覗き窓がある場所を探した。柵《さく》のやや上の方を見やると、ちょうど岩場との境目の辺りに微妙にズレかけた箇所があった。間違いなく昇に教えられた場所だった。

すぐ間近でともみちゃんが湯に浸かる音が聞こえる。手を伸ばせば届くほどの距離に思えた。ちょっとためらってから、それから木板に手を伸ばしてみる。

お前はともみちゃんを泣かせないと誓ったんじゃないのか？　それでいいのか？

「……」

その一言が決定的となった。ともみちゃんを守ってあげられるのは俺だけなんだ……。

なのに俺は……。

突然、ぱかっと覗き窓が開いて、シャチが顔を出した。

「ぎくっ！」

「あう〜、ほんとに外れちゃった……」

ビニール製のシャチに続いて、ひょっこりともみちゃんのどんぐり眼《まなこ》が現れる。

「と、ともみちゃん」

「わっ……ごめんなさい、えっと……ここに窓があるからって聞いてたから、つい……」

「あ、あはは、そ、そう……へ⁉　だ、誰からそれを？」

「その……貴子さんから。露天風呂の仕切りに秘密の覗き窓があるから、隣に昇さんが入ってる時は気をつけなさいネって……」

「何だ、すっかりバレて……あ、いや、ゴホン。なるほど、ウム、けしからん奴だ」

危ない危ない。もう少しで覗き魔の仲間になるところだった。

しかし、知らぬは昇の奴ばかりという訳か。やっぱり貴子さんの方が一枚上手だな。

ザワザワザワ……。

潮風に吹かれ近くの木々がざわめく。月明かりに浮かぶ松の木はいつもなら風流だねぇと思えるところだが、あの映画の後では何だか不気味な生き物のように見える。

「……ねぇ……お兄さん」

小さな窓からともみちゃんが不安そうに声をかける。

「あの……えっと……そっちに……」

何と言葉を続けたらいいか戸惑ってる様子だった。

どうやら俺が助け船を出した方がよさそうだ。

「いいよ。おいで……あー、バスタオル巻くの忘れずに」

「……うん♪」

それから、お供のシャチを引き連れ、言われたとおりバスタオルを巻いて、恥ずかしそうにとことことやって来ると、俺に背を向けるようにお湯に浸かった。

どうにもこういう状況というのは嬉しい反面、困ってしまうものだ。

湯けむりの中、ともみちゃんの白く小さな肩が艶《なま》めかしく浮かび上がる。

あんなちっこい身体《からだ》なのに色気だけはあるんだなぁと余計なことを考えていたら、ムラムラとよからぬ衝動がこみ上げてきたので、俺は慌てて背を向けた。

こんな時に男の場合、真っ先に変化が現れるのは、当然、あの部分なわけで、ムラムラに呼応するように、ムクムクと頭をもたげて、非常にせっぱ詰まった状態になってしまった。元はといえば昇の奴が妙なビデオで期待させたからいけないのだ。

「……あの……高井さやかさんのこと……今でも好きなの？」

そんな最中にいきなり高井の名前を出されたので、寿命が10年は縮んだと思った。

「え、えっ……？」

「ごめんなさい……いきなり、へんなこと聞いちゃって……」

「……高井は……友だちだよ。少なくとも、今はそういう関係だよ」

「…………けど、好きなんだ」

ともみちゃんが呟《つぶや》くように言う。

俺は別に否定しなかった。愛しているんだ？と訊《き》かれれば、う〜んどうなんだろうとちょっと微妙なところだけど、好きかと訊かれればＹｅｓなワケで、そこまで自分の気持ちを隠すつもりは無かった。

「ともみね……お兄さんのこと……好きだよ」

「……」

「お兄さんには、心に決めた人がいるってわかってるのに……でも……お兄さんに知ってほしかったの……だって、言わないで後悔するのなんて、いやだもん」

あの前田さんとのことで味わった辛《つら》い思いを、もう一度繰り返す覚悟をした上での言葉だった。もしかすると、ともみちゃんはこれを言うために、今夜、俺のところに来たのかもしれないな、なぜかそんな風に思えた。

それを考えたら、何だか、俺は胸がいっぱいになってしまった。

「………………ありがとう……うれしいよ」

「……」

「俺……ともみちゃんのこと、守ってあげたいんだ。ともみちゃんがまた悲しい思いをしないように……側《そば》にいて、守ってあげたいんだ。けど……そう言ってる自分が、もしかしたら、ともみちゃんをまた悲しませることになるかもしれない……ずっと傷つけてしまうかもしれない、そうと思うと……怖いんだ……。だって……ともみちゃんが悲しむ姿は、もう……二度と見たくないから。あんな辛い姿、絶対、させたくないから……」

「……」

「ともみちゃんは……笑っている顔が一番だと思うから。だから……ともみちゃんには、いつも笑顔でいてもらいたいんだ」

「ともみ……こうして、お兄さんといられるだけで、十分、幸せだよ……。それに……ともみも、お兄さんに幸せになってもらいたいから……だから……」

「……」

長い沈黙だった。背を向けたまま、しばらくそうして待っていたが、その続きが聞こえてこないので、ふと、ともみちゃんの方を見た。

「……ともみちゃん？」

ともみちゃんの姿は見あたらず、代わりにプカプカとのんきに揺れるシャチの側に、ぶくぶく泡が浮いていた。

「うわぁ！　と、ともみちゃん、ちょっと！」

慌てて沈没中のともみちゃんを引っ張り上げると、もうすっかりのぼせて、あう～と目を回しながら俺に寄りかかってきた。見るとバスタオルがはだけて、小振りな乳房が俺のお腹《なか》の辺りに当たっていた。薄いピンク色の乳首が、まるでさくらんぼのように見える。

「ともみちゃん……」

はたと気がつくと、俺はまさにそこに触れようとしていた瞬間だったので、慌てて手を引っ込めた。

どうやら、一瞬、完全に暴走モードに入っていたような気がする。必死で堪《た》えることが出来たのは奇跡としかいいようがない。なるべく目をやらないようにして、ともみちゃんを風通しのいい岩場に寝かせると、その上にそっとバスタオルをかけてあげた。

「……お兄さん」

ぼーっとした目で俺を見つめている。

「潜水艦じゃないだから、勝手に沈んじゃダメだよ……どう、大丈夫？」

「う、うん」

ようやく意識がはっきりしたのか、ともみちゃんは間近にあった俺の顔にちょっと戸惑っていた。顔が赤いのはのぼせていたせいだけじゃなかったようだった。

「……どうしたの？」

俯《うつむ》いているともみちゃんに声をかける。

「えっと……そ、その……」

何と言ったらいいのかとても困った様子で、それからバスタオルを抱えたまま、立ち上がると慌ててその場から立ち去ろうとした。

「……ともみちゃん」

気がつくと、俺はその手を掴《つか》んで引き戻していた。なぜ、そうしたのか自分でもわからないけど、でも、そうしなければいけないと心のどこかで感じていたのかもしれない。

「……お兄さん……」

潤んだ瞳《ひとみ》で俺を見つめている。

「俺は……ともみちゃんが思っているような、優しいだけのお兄さんじゃないかもしれない。……いや、本当はさ、ともみちゃんの前で恰好つけて、いいお兄さんをやってるだけの、いい加減で頼りない、軽いだけの男なんだ……」

「……そんなことないよ。だってお兄さんは……お兄さんは、いつでも、ともみに優しかったもの……」

「それは……ともみちゃんに嫌われたくなかったからだよ」

「……どうして、そう思ったの？」

「どうしてって……それは、つまり……」

「……」

「ともみちゃんのことが……好きだからだよ」

その大きな瞳を見つめながら、言った。

「……お兄さん」

「好きだよ……ともみちゃん……」

小さな唇に優しく口づけをした。震えながら、ともみちゃんの手が俺の身体をぎゅっと掴む。身体からほのかに甘い桃の香りがするは気のせいだろうか。

そのまま、肩に触れようとした途端、ともみちゃんの胸元からはらりとバスタオルがはだけた。

わぁ！と慌ててバスタオルを拾いあげると、真っ赤になりながら胸元に引き寄せる。

そんな様子を俺はとても困りながら見つめていた。

「本当に無防備なんだから……そんなんじゃ、いつ変な男が襲ってくるかわからないよ」

「……えへへ……でも、お兄さんがついてるから平気だもん」

「俺だって……男だよ……」

「……お兄さんも……そういうことしたいとか思うの？」

見上げながら不安そうに尋ねてきた。こんな目をされたらウソなどつけなかった。

「あ、ああ……それはもう……それが好きな子だったら、なおさらだよ」

「ともみには……しないのに……」

「もちろん、したいさ……したいけど……でも、我慢しているだけなんだ」

「……じゃあ……」

胸元のバスタオルをゆっくりと下ろして俺を見つめた。白い肌がとても眩《まぶ》しかった。

「ともみが……してもいいよって言ったら……」

生まれたままの姿でそんなことを言われたら、いくら優しいお兄さんでもどうにかなってしまう。俺にはやっぱりいいお兄さんの役は務まりそうになかった。

「………ともみちゃん」

その華奢《きゃしゃ》な身体を抱き寄せた。

まるで壊れものを扱うように、おそるおそる、小さな胸の脹《ふく》らみに手を触れる。

まだ芯《しん》が残っているような、ちょっと硬い青い果実のようだった。

「……ん」

「あ、ごめん……痛かった？」

「……う、ううん……平気……くしゅん」

小さなくしゃみをした後、ともみちゃんは照れ笑いを浮かべて身体を震わせた。確かに今夜は海から吹いてくる風も幾分涼しい。

湯冷めしそうなともみちゃんの手を引き、お湯の中に入る。

2人でちょっと迷った挙げ句、ともみちゃんが、えへへ、これなら溺《おぼ》れないよ、と岩場に掴まり、かわいらしいお尻《しり》をぷかりと湯から顔を覗かせた。

無邪気というか何というか、見ている俺の方が気恥ずかしくなってしまう光景だった。

その様子に気づいて、ともみちゃんも急に頬《ほお》を赤く染めて、どうしようかもじもじし始めたので、そのままの恰好にさせ、ほんのり桜色をした秘裂にそっとキスをした。

「あっ、そ、そんなところに……キスなんて……は、恥ずかしいよ……」

「だって、ともみちゃんがこんな恰好するから」

「……お兄さんのいじわる」

恥ずかしがるともみちゃんに、ふふふと笑いかけて、湯の中に浸かった乳房をゆっくりと愛《め》でた。手のひらの中で、乳首がつんと硬くなるのがわかった。

「はぁ……お兄さん……ともみ、何だかとっても……変な気分……」

「……感じる？」

戸惑い気味にコクンと頷《うなず》く。

硬くなった小さな乳首をそっと指で摘《つ》む。

「あ、あ……」

ともみちゃんは子猫のように目を細め、岩場にもたれかかった。

またさっきみたいに湯の中に沈没しないように、その白い脇腹《わき》に手をまわして支えてあげる。そうして、指をともみちゃんの花園に這《は》わせると、ぴくんと驚いたように下半身をねじった。

「……痛くしたら……いやだよ……」

切なげな表情でじぃと俺を見つめる。

そんな緊張しているともみちゃんの頭を優しく撫《な》で、もう一度キスをした。

「うん……なるべく優しくするから」

そう言い聞かせ、ゆっくりとともみちゃんの中に体を入れた。それでもやっぱり痛みは感じたようで、最後まで入れる間、必死に岩にしがみついてその痛みに耐えていた。

「お……お兄さん……」

「……大丈夫……もう、ともみちゃんの中に入ったよ」

「……う、うん……ともみの中に……お兄さんがいるの、わかるよ……」

「俺もともみちゃんを感じているよ。とっても……温かい……」

「ん……はぁ……お兄さん……好き……だよ……」

「……ともみちゃん」

小さな背中を抱きしめ、あまり痛くないようにゆっくりとその狭い中を動いた。湯の中で1つになっているせいか、こすれ合う度にとても敏感に感じる。

「はぁ……あぁ……お兄さんが……動いてる……」

「……痛かったら、言ってね……無理しなくていいから」

「う、ううん……もっと……もっといっぱい、お兄さんを感じたいから……少しくらい痛くても……ともみ、平気だよ」

「……うん……俺も……もっと、ともみちゃんを感じたい」

俺はこみ上げてくる熱いものを抑え、徐々に大きく深く貫いた。少し緊張が解けたせいか、最初の頃よりもだいぶ動きやすかった。

「はあ、はあ、あぁ……あ、熱いよ……お兄さん……」

紅潮したともみちゃんの頬を優しく撫でてあげる。

「……可愛《かわい》いよ……ともみちゃん」

力が入らず身体を支えることさえ辛そうなともみちゃんをしっかりと抱きかかえ、俺はさらに動いた。

小さくてとても狭くて、本当に壊れてしまうのではないかと思えるほど繊細な蕾《つぼみ》だったが、それだけにともみちゃんとの一体感は強かった。容赦なく出入りする俺の熱いその部分を離すまいと懸命に包み込もうとしている。

「ああっ……はぁ、はぁ……お……お兄さん……と、ともみ……もう……」

「……うん……一緒にいこうか」

脚を少し開かせぴったりと奥まで入るようにしてから、いっそう強く、激しく、ともみちゃんを感じた。

「……お、お兄さん……あぁぁ……」

びくんと大きく痙攣《けいれん》したともみちゃんを抱きしめ、俺は耐えていたものを想《おも》いと共に放出した。

温もりが2人の間をじんわりと包み込んでいく。

身体の奥に熱いものが注がれてくるのを感じながら、ともみちゃんは何度も小さく震えていた。荒い息づかいのまま汗ばんだその表情はとても胸にくるものがあった。

「あ……あ………ああ……」

「よく頑張ったね……」

「………お兄さん」

火照った顔のともみちゃんを抱き寄せ、ちょっと見つめ合ってから、まるで映画のワンシーンのような長い長いキスをした。

「くしゅん！」

「……もうちょっと温まってから、出ようか？」

「……うん」

それから俺の胸に恥ずかしそうに顔を埋め、

「あのね……今夜……お兄さんの側で寝てもいいかな……」

「……ああ、もちろん……でも、俺、寝相悪いから、ともみちゃんに変なコトしちゃうかもしれないよ」
「えへへ……それでも、いいもん」

第七章　色褪《あ》せた浜辺

昼の混雑も過ぎ、1人、テーブルの後片づけをしていると、事務所から朱美さんが現れて手招きをした。

何だろうと行ってみると、事務所に集まった女の子たちがやけに楽しそうにはしゃいでいた。

「お兄さん、ほら、見て見て」

ともみちゃんたちが取り囲むようにして、見慣れないデザインの服があった。

「青いのがトロピカルタイプ、赤い方がぱろぱろタイプ、どっちも新しい制服だよ」

「新しい制服？」

「うふふ、実は……4号店ならではのサービスがあるといいかなと思って、夏休み限定で週ごとに制服を替えるサービスをやろうと思うの。以前から、本店のさとみさんと相談して、デザインだけは決まっていたんだけど、今日、ようやくそのサンプルが届いたというわけ。それで……正式に決定する前にみんなの意見を聞いておきたくて」

「はあ……なるほど……」

制服を観察する俺《おれ》を、朱美さんたちが固唾《かたず》をのんで見守っているようだった。

「……あ、あの、な、何か？」

「神無月くんの感想が気になって」

「うん……お兄さんが気に入ってくれないと、ともみたちも嬉《うれ》しくないよ」

「そんなこと言われてもなぁ。いや、俺はいいと思うよ……というか、俺なんかの意見聞いたところで参考にならないと思うんですけど……」

みんなの視線に困りながら、本音を言った。

「えーと、あのー、お取り込み中のところ失礼ですが、さっきのオレの意見は無かったことに？」

昇が悲しそうに呟《つぶや》く。

「木ノ下くんの意見通りにデザインしたら、いかがわしいお店の制服になっちゃうわよ」

美春さんがちょっと呆《あき》れた顔で昇を見る。まあ、何となく想像はつく。

「えーと、実際に着るのはみんななんだし、着る人たちが気に入れば、俺はそれでいいんじゃないかと思うんですけど。みんながいいと思ったものなら、お客さんにも楽しんでもらえるわけだし……」

「それもそうね……それじゃあ、あとは先生の意見を聞いて決定にしましょうか？」

「先生って？」

「あー、貴子オバさんだよ。ああ見えて若い頃《ころ》はテキスタルデザイナーだかパターンナーとかいうのに憧《あこが》れてた時期があってさ、これがまた、結構、服にはうるさいんだ」

「はあ、それはまた意外な」

思わず昇につられたが貴子さんが聞いたら怒るだろうな。

「そういうわけだから、美春さんとともみさん、それと……神無月くん、これを持って貴子さんの所に行ってもらえる？」

朱美さんがニコリと微笑《ほほえ》んだ。

美春さんは女の子の中で一番標準的な体型だったことと着こなしのセンスの良さで、ともみちゃんは最年少代表ということで選ばれたのは判ったけど……なぜ俺まで？

「やっぱり男の人の意見もあった方がいいと思うから」

と朱美さん。

「だったら昇が……」

と姿を探すが、とっくにそれを予見して逃げ去ったあとだった。

別に貴子さんが苦手なわけじゃないけど、やっぱり服のこと……それも女の子たちの制服のことで、男の俺1人が立ち会うのは、想像しただけでもなかなか居心地のいいものでは無かった。はっきり言ってしまえば、俺は服のセンスなどまったく自信が無かったし、Ｐｉａキャロットの制服にしても、可愛ければそれで良し！という実に大雑把な考えしかないものだったから、このカットはどう？とか、ここのフリルはもっとたくさんあった方がいいかしら？と詰め寄られても、何と答えていいのやら、もうさっぱりわからないのである。

そういえば前に高井が真新しいワンピースを着てきた時も、気の利いた誉《ほ》め言葉の1つも言わなかったものだから、えらくご機嫌を損ねたことがあった。俺も上手《うま》い誉め言葉の1つでも覚えるべきなのだろうか。

2人を連れ寮にやってくると、いつもならほうきを片手に、あるいは洗濯物カゴを抱えて鼻歌まじりに出迎えてくれる貴子さんがいないので、あれ？と思った。

美春さんたちを管理人室に待たせて、あちこちを捜してるうちに、裏庭からもくもくと煙が立ち上っているのに気づいて、慌てて行ってみると、貴子さんが古新聞やら雑誌やらを火にくべているところだった。

「あら……今日は早かったのね」

俺に気づいて笑顔を作ったが、どこか心ここに在らずといった印象だった。

「……何してるんですか？」

「ちょっとね。押し入れの中を整理していたら、いらないものがいろいろ出てきたから、処分してるの……あ、キミもいらないものとか、見られて困るものがあったら、一緒に燃やしてあげるわよ」

「あ、あはは、あいにくと今のところは」

いつもの貴子さんらしい口調だったので、ちょっと安心して、それからPiaキャロットの新しい制服のことで美春さんたちを連れてきた事を話した。サンプルも持ってきたと

言うと貴子さんは急に顔色を変えて
「えー！　サンプルもあるの⁉　どこどこ、どこにあるのよ⁉」

と興奮気味に訊《き》いてきた。服のことになるとまるで10代の女の子のようでおかしかった。

火の面倒は俺が見ますからと、待ちきれない貴子さんを先に管理人室に行かせた。

パチパチと燃えさかる炎に、残りの古雑誌などをドサッと放り込む。

「あれ？」

火のまわった雑誌の間から女の人の写真が現れた。慌てて近くにあった火ばさみで引っぱり出し、ちょっと端が焼け焦げたそれを見てみる。

だいぶ若かったけど、それは紛れもなく貴子さんだった。

写真の中の貴子さんは純白のウェディングドレスを身にまとい、穏やかな笑みを浮かべて俺の方を見つめていた。写真を手に持ったままどうしたものかとちょっと悩んでから、シャツのポケットにしまい、火の後始末に取りかかった。この写真は貴子さんにとって、いらないものなのか、見られて困るものなのだろうか……そんなことを考えながら。

サンプルの制服を挟んで俺たちは真剣な表情で考え込んでいる貴子さんの答えを待った。

ともみちゃんも美春さんも緊張しながらそわそわしている。

まるで学校の三者面談のような気分だ。

「そうねー、まず、こっちのトロピカルタイプは青と白で、南国の海っぽいのはいいんだけど、他《ほか》のアクセントが欲しいわね……赤だと重くなるから、例えば、えーと、ほら、青の対抗色でこういう黄色をシルエットの外側になる部分にもってくると、全体も引き締まるでしょ？　巻きスカートにも何か柄が欲しいわねぇ、薄い青でグラデーションかけるとか。それとこっちの赤い方は、袖口《そで》に同系色のリボンとかあるといいんじゃないかしら。あー、どうせならあなたたちの髪のリボンもこの制服に合わせちゃうとかすると結構かわいいかもね～……うん、そうね、それがいいわ！　そうしなさい、ね？　ね？」

さすが、朱美さんが先生と称するだけあって、貴子さんの指摘はなかなか鋭くかつ的確なものだった。といっても俺は専門外なので、もっぱら美春さんとともみちゃんが感心する様を見ては、一緒にうんうん頷《うなず》いているだけだった。

「木ノ下さんのおかげで、いい制服になりそうです。私《わたし》も色々と勉強になりましたし」

「うふふ、やーね、冬木さんったら、改まっちゃって。これからは身近な存在になるんだし、貴子さんでいいわよ～」

そうそう、貴子さんの勧めもあり、美春さんが寮に引っ越してくることになったのだ。

俺としても美春さんが1人で暮らしているよりその方が安心できたし、美春さんとしてもすぐ側《そば》に知った顔がある方が落ち着くはずだから、この話は素直に喜ばしかった。

「はい……色々とお世話になります」

きちんと貴子さんに向かってお辞儀をした。

「いいわね～若いって……あのぐらいが一番輝いてる時期かもね」

午後上がりの俺を残して店に戻る美春さんたちを見送りながら、貴子さんが呟いた。

貴子さんの前で歳《とし》の話は禁句だというのは、昇から教えてもらうまでもなく承知してたので、話題がそっちにいかないよう服のことを話した。

「いやー、すっかりお見それしました。貴子さんって本当に詳しいんですね」

「うふふ、だてに歳取ってるだけあるでしょ？」

「い、いや、えーと、歳の話はともかくとして……その、制服を手にしている時の貴子さん、すごく生き生きしてましたよ、やっぱり好きなんですね」

「あら、そんな生き生きしてたかしら？　まあ、普段は管理人室に閉じこもって、日がな一日コタツの中で猫を抱いてお茶啜《すす》ってるだけの寂しいオバさんだものねー」

「ま、またそういうこと言う……誰《だれ》もそんなこと言っちゃいませんよ。それに……貴子さんは十分若いですよ」

うっかりNGワードを口にしてしまった。

「三十路《みそじ》前の女にしては、でしょ？」

「あうう、ち、違いますよ、だから、えーと……そう、Ｐｉａキャロットのスタッフに交じっても全然遜色《そんしょく》ないぐらいです」

「ふーん……じゃあ、アタシと冬木さん、どっちが若く見える？」

「えっ、あ……えーと、そ、それは……」

「羽瀬川さんと比べるとどうかしら？」

「あー、そのー……」

「それじゃあ、あのマネージャーとは？」

「夏姫さんですか？　……あ、あはは……び、微妙なトコかも」

「あんた、ヤなところで正直ね……ま、いいわ。今さら、歳のこと気にしてもしょうがないしね」

「あ、そうだ……さっき、いらない物の中に写真が混ざってたんですけど」

「……え？」

貴子さんに例の写真のことを話した。

「ああ、あれね……うん、いいのよ燃やそうと思ってたものだから」

「あ、でも、あの写真……」

独身のはずの貴子さんがなぜウェディングドレスを着ていたのか、それは確かに素朴な疑問であったけど、どんな理由があるのかもしれないのに迂闊《うかつ》に口を滑らせてしまった事に後悔した。

「いえ、その……ずいぶん高そうなドレスだなぁって」

「……さあ……いくらぐらいなのかしらねー。あれ、結婚式場のバイトでモデルやった時に撮ったものだから、よく知らないわ」

「あ、モデル？　あー、あのパンフレットとかに載ってるようなやつ？」

「そう……ま、そんなたいしたものじゃないけどね。……さてと、そろそろ洗濯にとりかからなくっちゃ。ああ、キミも汚れ物あったら持ってきて。ついでに洗っちゃうから」

「えーと……いえ、大丈夫です」

「遠慮しないの。今さら男の子のガビガビになったパンツぐらいで驚かないわよ〜」

「あ、あはは……ガ、ガビガビって、さすがにそれはちょっと」

それにしても、あの写真がなぜか引っかかる。なぜだろうか？

部屋に戻ってベッドに寝転がりながら、少し焼け焦げたあの写真を眺めてみる。

写真の中の貴子さんの表情をまじまじと眺めていたら、なんとなくその理由がわかったような気がした。この貴子さんの笑みはポーズなどではなく、本当に幸せを感じているのだ。服のことはともかく、女の人のそういう表情を見極めるのは、志保ねーちゃんにしばかれ、気まぐれな高井の機嫌を伺って鍛えているから、それなりに自信があった。

だとしたら、この写真の意味は……。

新しい制服も無事決まりお客さんも日増しに増え、4号店は順風満帆のように見えた。

しかし、お客さんが増えれば増えたでそうなるとまた別の問題が出てくるもので、閉店後に行われる週一のミーティングの席で、フロアスタッフの人手不足が話題となった。

とくに8月の中旬から下旬まで、お盆やら、花火大会、浜辺で行われる数々のイベントがたて込んでいる為、来店するお客さんの数も増える事が予想され、そうなると今でも足りないスタッフ数ではとても対応しきれないのは俺でも想像できた。

「とにかく、この件に関しては今すぐどうこう出来るものではないので、私と店長代理とで木ノ下オーナーに相談してみます」

さすがの夏姫さんもこのところの激務でかなり疲れている様子だった。思わず漏らした溜《た》め息《いき》がやたらと艶《なま》めかしく思えて、形のいいその小さな唇と相まって、ついあらぬ想像をしてしまう。おまけにすぐ目の前でストッキングで覆われたすらっとした脚を組んでいるので、落ち着かないことこの上なかった。

「……そういう事情なので、木ノ下くんとあなたには今夜中に搬入物の整理を全て済ませてもらいます。いいですね？」

俺のよからぬ視線に反応したかのように、キッとこちらに流し目を送ってきたので、何が今夜中だかわからなかったけど、はい！と答えてしまった。

「まったく、お前は調子いいんだからなぁー」

倉庫の前に山と積まれたダンボールの1つを抱え、昇が不満そうに言う。

「しょうがないだろ、こんなに荷物が届くなんて思わなかったんだから」

手渡されたダンボール箱を抱え、生鮮食品用のでっかい冷凍庫の棚に収める。真夏でもシャツ一枚だとかなり寒い。これでようやく半分か。こりゃ帰りは11時過ぎになるのは確実だな。

「……なあ、明彦……お前さ、ひょっとして夏姫さんみたいなのがタイプなのか？」

「な、何を急に……」

「ミーティング中、ずっと夏姫さんの脚ばかり見てたじゃないか」

「ぎくっ……そ、そりゃだって、あの状況じゃ見るなって方が無理だろ。目の前で脚なんて組まれてたらさ、気になってしょうがないよ」

「なはは、確かにそりゃ言えてる。けど実際、年上ってのもなかなか悪くないかもなあ。とくに夏姫さんみたいな色っぽいオトナの女性って、案外、つきあってみるとナニかとイイかもしれないぞ」

「何がどうイイんだか……ほら、次のダンボール寄越《よこ》せよ」

「まあ、そこへいくと、うちの貴子オバさんは色気のいの字も無いからなぁー」

「そうか？　ま、親戚《しんせき》同士だとそんなものかもしれないけど、貴子さん美人だし歳より若いし、もてるんじゃないのか？」

「見りゃ男っ気なんて微塵《みじん》のカケラも無いのぐらいわかるだろ？　……そりゃまあ、昔はどうだったかオレも知らないけどさ」

「昔っていえば……昇は貴子さんがウェディングドレス着てる写真って見たことあるか？　結婚式場のバイトで撮ったらしいんだけど」

「バイト……？　あー……それ、嘘」

「……やっぱりな。何となくそんな気はしてた」

「まあ、貴子オバさんも一応女だし、こういう話をペラペラ他人に話すのもどうかと思うんだけど、オバさん……昔、婚約してたんだよ。お前が見たっていうその写真もさ、結婚式の当日に撮ったやつさ」

「結婚式？　あれ、それじゃ、まさか貴子さんは……み、未亡人なのか？」

思わず手元が狂って、棚に積んだダンボールがドサササッと落ちてきた。

「おいおい、気をつけろよ……違う、独身だよ。その相手の男がさ、来なかったんだよ、式場に」

「……で？」

「でって……それっきりさ。会いに来るどころか連絡すら寄越さずじまいだよ」

「……」

「まあ、そんなことがあってさ、もうそれ以来、浮いた話も無いし、あの通り管理人人生一筋ってワケ……ん？」

何かに勘づいたように俺を見た。

「お前、ひょっとして貴子オバさんに気があるとか？」

「……えっ」

「なワケないよな……ま、いくらお前でもさすがにそこまでシュミ悪くないか。あはは」

昇が言うほど悪くないぞと俺は思う。というか俺は結構好きだ。

貴子さんみたいな人が姉貴だったらなぁと、志保ねーちゃんの顔を思い浮かべながらつくづくそう思った。

それにしても、結婚式の当日にすっぽかされるなんて……貴子さん、よっぽど男運が無かったのかな。


結局、昨日の残業が深夜まで続き、寮に戻るとベッドに倒れ込みそのまま泥のように眠ってしまった。ふと目が覚めると、もうお昼も近いという時間になっていた。

今日は休日だしこのままダラダラと部屋で過ごそうかとも思ったけど、空腹だけはどうしようもなく、仕方がないので買い物に出ることにした。

部屋を出ると、貴子さんが2階から洗濯物を干し終えて下りてきたところだった。

「おはよーございます」

「まあ、ずっと寝てたの？　若いのに不健康ね～」

「えー、まあ。ここのところ色々忙しくて……」

そこで、ふと借りたままになっている小説のことを思い出した。貴子さんにその場で待っていてもらうよう伝え、俺は急いで小説を取りに部屋へ戻った。

「あの、これ……ありがとうございました」

「……あら、別に返さなくてもよかったのに」

「あはは……俺には辞書引きながらでも、とても理解できそうにないみたいなんで」

「なによ～、せっかく、神無月クンの感想を楽しみにしていたのにな－」

「でも、一応、最後まで読みましたよ……」

「それで？　それで？」

「『プロポーズ』って短編……あれはよかったですよ。といってもストーリーは理解出来ませんでしたけど、何か、こう、主人公の心の葛藤《かっとう》みたいな部分がやけにリアルで」

「……そ、そう」

「後は残念ながら、理解出来ませんでしたけどね……あははは」

「……うふふ……まあ、神無月クンに期待したのは、間違いだったかしらね～」

これから買い物に行きますんで、と出かけようとすると貴子さんが引き留めた。

「あとで素敵なディナーをごちそうするから、ちょっと手伝わない？」

「あはは、ディナーですか、えーと後でってワケには？」

「ふふふふっ、この前のサーフィン対決の罰ゲーム、確か、キミまだだったわよねー？」

「ぎくっ、ま、まだ覚えてたんですか……」

「あったりまえでしょ。さ、シャンとしたところで、アタシと一緒に労働の喜びを分かち合いましょうか。とりあえず2階と3階のトイレ掃除からお願いね～、他にも庭の草むしりとか、お風呂《ふろ》の掃除とか山ほどあるから、よろしく～」

うーむ、人使いの荒さに関しては志保ねーちゃんや夏姫さんより上かもしれないなぁ。


シベリア労働者のような過酷な任務から解放されたのは日もだいぶ傾いた頃であった。それでも貴子さんがこなした仕事に比べたら、全然、少ないわけで、これを毎日続けていると思うと、感謝せずにはいられない気分になる。

罰ゲームとはいえ、おまけに夕食までごちそうしてくれるというのだから、やっぱり貴子さんはいい人なんだと思う。

約束の素敵なディナーを期待していたら、どうやら外食らしく、貴子さんに連れられてなぜか浜辺にやってきた。

「えーと、この辺にＰｉａキャロット以外にレストランなんてありましたっけ？」

「ほら、そこよ」

貴子さんが指さすところにあるのは、どう見ても浜辺の屋台であった。

「……えっ、まさか、ディナーって、アレですか？」

「たかが屋台なんて思ってるんでしょ？　まあ、とりあえず、文句は食べてからにしてもらいましょうかね～」

そう言うと貴子さんは、屋台一筋ン十年という風貌《ふうぼう》のいかにも頑固そうな爺《じい》さんと、何やら親しげに話し込んだ後、両手にタイとかあっちの国を彷彿《ほうふつ》させるエスニックなシーフード焼きそばを持ってニコニコ顔で戻ってきた。

店構えとはエラクかけ離れたエキゾチックなメニューに仰天したけど、食べたらこれがまたやたらと本格派なので唸《うな》ってしまった。

「どう？　何か文句あるかしら？」

「いやぁ、全然……うーん、屋台もナメたもんじゃないなー」

「うふふ……まあ、あのお爺さんとこは特別なんだけどね～。昔からああやって夏場になると、こっそりここに出張してきては、お客さんの驚く反応見て楽しんでんのよ。本職なんだもの、美味《おい》しくて当然よね」

「あはは、ほとんど道楽ですね」

異国情緒たっぷりの浜辺のディナーを満喫し、のんびりと浜辺を眺めていたら、男の子が1人、ベソをかきながら、さかんに母親を呼んでいた。

「あれ、迷子ですかね」

辺りを見渡すも母親らしき人の姿は無いようだ。

「どうしましょう？」

「しょうがないわねー、放っておくわけにもいかないでしょ」

男の子の側には作りかけの砂のお城があった。貝殻やら空き缶でデコレートされ、ちゃんと完成すればさぞや立派なものになっただろうと思わせる。女の子の身体《からだ》や怪獣じゃないところがエライ。昇や俺だったらそのどちらかだろう。

「ボク、どうしちゃったのかな？　お母さんとはぐれちゃったのー？」

「ひっく、ひっく……うん……」

「ほら泣かないの、男の子でしょう？　大丈夫よ、すぐお母さん戻ってくるからね……」

子供をあやす姿はなかなかどうして見事に様になってて、うーむ、さすが年の功というやつかなとその顔を見ると、うっすら涙を浮かべていたので、俺は急に言葉を失ってしまった。

貴子さんは大切な宝物を扱うように、男の子をしっかり抱きしめると、大丈夫、泣かないの、と何度も言い聞かせながら一緒に泣いていた。

そんな姿の貴子さんを見るのははじめてだったので、ちょっと戸惑ってしまった。

何でそういう風に思ったのかわからないけど、ずっと胸の奥に溜め込んでいたものが、一気に溢《あふ》れ出てしまったような、そんな印象だった。

しばらくすると空色のワンピースを着た女の人が慌ててやってきた。

「どうもすみません、ちょっと目を離した隙にはぐれてしまって……」

本当に申し訳なさそうに俺たちにそう言った。落ち着いた雰囲気の穏和な女性だった。

「ほら、お母さんが迎えに来たわよ」

貴子さんはそっと涙を拭《ぬぐ》い、男の子の服についていた砂を払ってあげ、男の子を送り出した。

「……それじゃあ、どうも失礼します」

「ばいばい」

男の子はちょっと恥ずかしそうに母親の後ろからちょこんと顔を覗《のぞ》かせ、手を振った。

「……バイバイ……今度は迷子になっちゃダメよ」

貴子さんはその母子が帰って行くのを、いつまでも見つめていた。

足下を見ると男の子が作った砂のお城が波にさらわれ消えていくところだった。


それから、貴子さんに付き合って、というか俺が勝手にくっついて夕日を眺めながら浜辺を散歩した。

貴子さんはこうして夕暮れ時に浜を1人で歩くのが好きらしい。普段が賑《にぎ》やかな人だけ

あって、意外な気もしたが、長いことこの海とつきあってきているだけに、いろいろと思うことがあるのだろう。たぶん、あの写真や、しおりの挟まれたページにそうした思いの断片が刻まれているのかもしれない。そんなことを知ってしまったから、何となく貴子さんを1人にさせておけない気分になって、俺はどこか寂しそうなその後ろ姿を見つめながら、一緒に黄昏《たそがれ》の中を歩いた。

気がつけばさっきの浜辺は遙《はる》か彼方《かなた》に遠ざかり、それでも、歩き続ける貴子さんに、そろそろ戻りませんか？と声をかけた。

まるでその声に呼び戻されたかのように我にかえると、うん、そうねと、大きく背伸びをしてから、ずいぶん遠くまで来ちゃったな、と呟いた。

「……今から10年ぐらい前にね……あの寮がまだホテルだった頃に、ある男の人が訪ねてきたの。もう、それがいかにもお金に困っていそうな様子の、でもやたらと大きなリュックを背負ったちょっと妙な人で……やって来るなり、いきなり、自分は小説家だけど今は無一文で、とにかく何でも仕事をするから、原稿を書き終えるまでの間だけ、ホテルに泊めてもらえないかって土下座しながら頼み込んで来たの。うふふ、おかしな人でしょ？時代錯誤というか。……普通ならさっさと追い返しちゃうところだったけど、食事も満足に食べてない様子だったし、その人があんまり可哀想《かわいそう》だったものだから、結局、父親たちは、空いている部屋をね、その人に貸すことにして、代わりにホテルの仕事を手伝ってもらうことにしたの。あとで聞いたら、小説家っていうのは実はウソで、小説家を目指しているだけのただの文学かぶれだったんだけど、アタシも父親もすっかり騙《だま》されちゃったってわけ……」

「……放浪の文学青年ってやつですね」

「そう。まさにそんな感じ……キミの使ってる部屋……あそこがその彼に貸した部屋」

貴子さんに部屋を案内された時のことを思い出した。あの時、改築前まで開かずの間だって言ってた。

「……何で開かずの間だったんですか？」

貴子さんはちょっとためらって、それから笑った。

「辛《つら》かったから……だって……アタシだけ置いてかれちゃったんだもの……」

その言葉にすぐあの写真のことが頭に浮かんだ。

「その作家志望の彼の面倒を見るうちにね……恋しちゃったの。その頃、こうしてよく2人で海を散歩しながら、彼が作品に対する思いとか夢を語るのを、黙って側で聞いているのが好きで……出来れば、ずっとそうして彼の側にいられればなって、そんなことに憧れていたの……原稿が書き上がるなんて思ってもみなかったのね。だから、彼が小説を書き終えたら東京に戻ると知った時は、信じられなくて……それでも、その日がやって来て……彼ね、別れ際に必ずまたここに戻ってくるから、だから……僕と結婚してくれって……

だから、その言葉を信じて……式の当日まで、彼がやってくるのを待っていたの」

あの写真を思い浮かべると貴子さんのその時の幸せな気持ちが伝わってきそうだった。

あんな笑顔を見せる機会などそう滅多にあるものではないはずだ。

「でも……彼は現れなかった。それでも、もしかしたらと思って、毎日、毎日……彼がやってくるのを待って……しばらくして、手紙と一緒にあの『追憶の軌跡』が送られてきたの。ここに来る前、彼にね、付き合っていた彼女がいたのよ。フラれたと思っていたその女の人のお腹《なか》に……彼の子供がいたのね。だから……だから、自分はここに戻ってくることは出来ない……本当にすまないって……」

「子供……」

「……でも……でも、そんな手紙一枚で、諦《あきら》められるわけないじゃない……ここに戻ってくるってアタシに言ったんだもの、信じて待っていれば、絶対また会えるって……そう、本気で思っていたの……」

いったいどれほどの想《おも》いがあれば、10年近くもの間、来るあてもないとわかってる相手を待ち続けていられるのだろうか。俺なんかには到底想像もつかなかった。

「だけど……いい加減、疲れちゃった。どんなに待っても、彼はここには現れない……そろそろ諦《あきら》めなくちゃ……」

彼の想い出が染みついた部屋を改装したのも、あの写真を処分しようとしたのも、つまりは、そういう理由だったんだろうな、俺の方に振り返った貴子さんを見ながら思った。

「さっき、やっとね……踏ん切りがついたわ。だって……さっきの男の子、彼に……彼にそっくりなんだもの……待っていたの損しちゃった……アタシだけ、時間に……取り残されていたみたい」

止めどもなく溢れ出る涙を拭いながら、笑った。

何か言わないと、そう思って気の利いたいい言葉を考えたけど、やっぱり何も思いつかなかった。だから、どうしようもなくて俺は貴子さんを抱きしめた。

「バ……バカね、アタシみたいな年増《としま》に同情なんてしないの……本気にしちゃうでしょ」

俺の手をすり抜け、1人、寮へ戻って行った。

同情なんかじゃないですよ……そう心の中で呟いて、俺は貴子さんを追うように管理人室へと向かった。


何度ノックしても貴子さんはドアを開ける気配を見せなかったので、俺は写真のことを伝えた。そっとドアが開かれると目元を赤くした貴子さんが出てきた。

「……これ、返します」

「燃やしたはずなのに……」

「……すみません……何だか惜しくて、黙って持っていました。返されても困るかもしれないですけど……でも、俺、この写真の貴子さんの笑顔、すごく……好きです。だから、その……また、こういう笑顔、見せて下さい」

「…………ありがとう」

そう言うと写真を大切そうに胸元に抱いた。

「ね……神無月くん……」

「はい？」

「1つだけ……わがまま、きいてくれる？」

「……はい」

「……今晩だけ……その……アタシと……」

「……」

「ううん、ごめんなさい……やっぱり、やめておく」

「貴子さん……」

閉まりかけたドアに手をかけて、呼び止めた。

「……いいの……聞かなかったことにして」

「その……俺……同情とか、そういうつもりは無いです。だから、えーと、何ていうか1人の女性として……好きです、貴子さんのこと」

「……アタシ……三十路前よ」

「だったら、俺と大して違わないじゃないですか……」

貴子さんの肩に手をかけ、ゆっくりとその唇に口づけをした。

俺が勢いづいて体重をかけすぎてしまったせいか、貴子さんはふらっと壁にもたれかかり、それから部屋の明かりとエアコンのスイッチのある場所を手で探り、それをパチンと切った。

真っ暗になった部屋を窓からの月明かりがほんのりと照らす。

聞こえるのは、遠くの潮騒《しおさい》と2人の息づかい、それと服のこすれ合う音だけだった。

熱いキスを終えると貴子さんは頬《ほお》を赤らめながら上目遣いで俺を見つめて、低く小さな声で何かを呟くと、俺の首に手を回してそのままもう一度、今度はずっと強く唇を重ねてきた。そのまま俺たちはコタツの脇《わき》に倒れ込むようにして抱き合った。

エプロンの上から貴子さんの乳房に手をかけると、服、と呟いたので、これは服を脱ぐからちょっと待ってという意味なのか、それとも俺に脱がせてほしいのか、どっちなのだろうとしばらく真剣に迷っていたら、その目が、もう、何ぼやっとしてるのよ、と訴えかけてきたので、ようやく俺が脱がせてくれるのを待っているのだと気づいて、慌ててスカートに手をかけた。

あまりに滅茶苦茶《めちゃくちゃ》な順番だったので貴子さんはたまりかねてクスクスと笑い出して、エプロンはつけたままの方がいいの？と言った。

「いえ、もうあってても無くてもどっちでも」

と何だかハンバーガーを注文した時のピクルスを入れるかどうかを尋ねられた時のような変な答えをした。それがあまりに場にそぐわなかったので、俺も貴子さんも急に笑い出してしまった。

ふいに電話が鳴ったのでぎくっとした。こんな時間にかかってくる電話といえば寮の誰かだろうかと、立ち上がった貴子さんを見ていると、電話は無視したままで管理人室のドアの鍵《かぎ》をかけ、カーテンを閉め、エプロンだけを脱ぐと最後に、本日のフロントはもう閉まりました、と電話のベルをOFFにした。

それから俺を見ながら、さてと、これで邪魔者はいなくなったわよ、と嬉しそうに微笑んだ。ダークブルーのカーテンの隙間《すきま》から漏れてくる月明かりを受けたその姿は、あの写真と同じように何だかすごく輝いて見えた。

「布団の上じゃムード無いかもしれないけど……気にしないわよね？」

コタツの横に普段使ってるそれを広げ終わると、俺に向き直り、しばらく黙って俯《うつむ》いていた。それから、ごめんなさいと、本当に申し訳なさそうに呟いた。布団だから謝ったのか、何がごめんなさいなのかよくわからなかったけど、そんな貴子さんを俺は静かに抱き寄せ、今度は落ち着いてゆっくりと時間をかけて黄色いブラウスと黒いスカートを脱がせた。

ちょっとキツメのブラをたくし上げると、ぷるん、とびっくりするぐらい見事な乳房があらわれた。普段から見慣れていたとはいえ、それはあくまで服の上からであって、まさかこうして間近にその乳房を見ることになろうとは思わなかった。

そっとそれに触れてみると心地よい弾力が伝わってくる。豊かな乳房にしては乳首はちょっと小さめだった。軽くつまむと、かすれたようなあえぎ声が漏れた。その手をショーツに這《は》わせ、少しずつゆっくりと下ろしてみる。

「……笑われちゃうかもしれないけど……アタシね……まだなの」

貴子さんは少し緊張した面もちで目を逸《そ》らし、恥ずかしそうな声で呟いた。こういう場合、なんと返答したらいいのだろうかとも思ったが、俺は黙ったまま頷いて、それからまだ経験の無い貴子さんのその部分に優しく指を這わせた。

ぴくん、と腰が痙攣《けいれん》する。

薄暗い部屋の中でも、とても綺麗《きれい》な色をしているのがわかった。少し濡《ぬ》れて光っているのが一層そう感じさせる。

「そんなに、真剣に見ないで……は、恥ずかしいじゃない」

「……すごく綺麗ですよ、貴子さん」

「ば、ばかね……そ、そういう台詞《セリフ》は、もっと大人《おとな》になってから言うものよ」

こんなに照れている貴子さんというのも、なかなか可愛くて新鮮だった。

「あの、本当に……俺なんかでいいんですか？」

「……こんな年増で……かまわないなら」

潤んだ瞳《ひとみ》でそう答えた。

「歳なんて、関係ないですよ……」

熱く濡れた花園にキスをし、それからゆっくりとそこを指で押し広げると、とろっと蜜《みつ》が溢れ出した。

「……貴子さんの、こんなに濡れてる」

「か、神無月くんが……あんまり見つめるから……」

「……明かりつけたら、もっとよく見えるんですけど……やっぱり怒ります？」

「エッチ……」

ちょっと拗《す》ねたように睨《にら》んだ。

「……いいわ……きて」

その言葉に誘われるように、ゆっくりと時間をかけて、貴子さんと1つになった。

俺も貴子さんもちょっと緊張したので最初はなかなか上手く収まらなかったけど、我慢していたのか、それほど痛がるような素振りを見せず、途中からはすんなりと入った。

「あの、痛くないですか？」

「うん、最初だけ……もう、大丈夫……動いてみる？」

「は、はい。えーと、その……もし、痛かったら……言って下さいね」

「うふふ……そんなに気を遣わなくていいから……キミのいっぱい感じさせて」

貴子さんの表情を窺《うかが》いながら、ゆっくりと腰を動かした。ひと突きするたびに、貴子さんの中から熱い蜜が溢れ出て俺の一部を包んだ。

「あぁ、動いている……ん……ちょっと変な感じかも……はぁ……でも……」

「……でも？」

「はぁ……ん……わ、悪くないかも……」

「よかった……貴子さんに気に入ってもらって」

「……うふふ」

部屋の外から何やら賑やかな話し声が聞こえてきた。どうやら残業を終えた出勤組が戻って来たようだった。昇やともみちゃんの話し声に混じって、朱美さんや美春さんの声も聞こえる。

思わず全裸の貴子さんと顔を見合わせて耳を澄ます。

『もう戻ってるかしら。さっき電話した時は貴子さんも神無月くんも留守だったけど』

『せっかくナナちゃんからスイカもらったのに』

ともみちゃんの声だった。

『じゃあ、あいつの方は俺が呼んできます。貴子オバさんはどうせ管理人室でテレビでも見てると思うんで、そっちはよろしく』

去っていく昇の足音に続いて管理人室のドアがコンコンと音をたてた。その音がやけに大きく聞こえた。

朱美さんたちの呟くような小さな声すらも聞こえてくる。

「あーうう、どどどどうしましょう」

すっかり動転している俺に、しぃっと指を立てて囁《ささや》いた。

「そんな慌てないの……ただ今、2人はお出かけしています……でしょう？」

暗闇《くらやみ》の中で貴子さんの目が笑う。まるでかくれんぼに興じる子供のようだった。

ドア一枚隔てたすぐ側で、俺と貴子さんが一糸まとわない姿のまま、こんなコトになっているとは、外のみんなには想像もつかないだろう。想像されたら非常に困るんだけど。

「お願い……萎《しぼ》まないうちに続けて」

俺の肩を引き寄せ、切なげな瞳で俺を見つめる。少女のような澄んだ瞳だった。

その言葉に誘われるように俺は貴子さんの硬くなった乳首を口に含み、それから再びゆっくりと腰を埋めた。

ドアの外ではまだ朱美さんたちの声が聞こえてくる。

とても後ろめたい気分だったが、ゆっくりと突く度に見せる貴子さんの艶のある表情に俺はすっかりそんな事は忘れて、ただひたすらその熱く深いところで貴子さんを感じ続けた。

外が静かになったのを察して、貴子さんは次第に息を荒らげ、声を漏らした。

「はあっ……い、いいわ……神無月クン……もっと、きて……」

貴子さんの腰を抱き上げると、いっそう強くそこを突いた。1つになったその部分から聞こえる規則的なその音は何とも気恥ずかしいものだった。

「あっ……アアッ……す、すごい……奥に……あたってる」

ぎゅっと貴子さんのそこが狭まり俺を締めつけた。

「くっ、貴子さん……俺……」

慌てて引き抜こうとする俺の身体を抱いて、呟いた。

「……アタシの中で……お願い……」

どっ、と奥に放出しながら、そのまま貴子さんの上に倒れるようにもたれかかった。

その長い放出が終わるまで貴子さんは優しく俺の頭を抱いてくれていた。

「うれしい……アタシの身体で……こんなに感じてくれたなんて」

「……すみません……その……俺1人、先に満足しちゃったみたいで」

「ううん、ありがとう……十分、感じちゃった……今までの分、全部帳消しにしてもいいぐらい」

「貴子さん……」

そっとキスをしているうちに、自分でもびっくりするぐらいまた硬くなっていた。

「……もう……元気なんだから」

貴子さんは微笑みながら、

「ね？　これで挟んであげようか？」

とふっくらと大きなその乳房を左手で持ち上げた。

「いいんですか？」

「……ええ……神無月くんの、ここで感じさせて……」

そっと胸の谷間に近づけると貴子さんはちょっと不思議そうな顔で俺のそれに触れた。

「……男の子のって、こんなに硬いのね……痛くないの？」

「え、ええ、あ、でもそんなに触られると、そのちょっとマズイかも……」

「あ、ごめんなさい……」

慌てて手を緩め、それから自分の胸をぎゅっと寄せて俺のそれを包み込んだ。何ともいいようのない初めてのその弾力感に、すぐにでも達してしまいそうだった。

「……神無月くんの……すごく熱いのね。アタシも感じてきちゃった……」

貴子さんは押さえた乳房で俺の一部をゆっくりとしごいた。濡れているせいでねっとりとした感触もそれに輪をかけ、思わず声を漏らしてしまった。

「はぁ……貴子さん」

「……我慢しなくていいのよ……神無月くんのいくところ、見せて」

その切なげな瞳に、俺はこみ上がってくる熱いものを感じた。

「貴子さん」

大きく脈打ちながら、熱い飛沫《ひまつ》が何度も貴子さんの顔に降り注いでいった。

「あ……ごめんなさい」

「ううん、いいの……君のだったら、嫌じゃないもの。とても……温かくて、不思議な気分」

「あの……よかったら、一緒に、お風呂入りませんか？」

「……ええ……洗ってくれる？」

「はい、もう、身体の隅々まで……あはは」

「うふふ……もう、エッチなんだから」


目を覚ますと、傍らで眠っていたはずの貴子さんの姿がいつの間にか消えていた。窓の外はすっかり明るくなり、いかにも夏日になりそうな気配だった。

管理人室を出て、玄関に向かうと、まるで俺のことをずっと待っていたかのように、貴子さんの姿があった。

「おはよう、だいぶ疲れたでしょう」

「あ、いやぁ……あはは……」

「うふふ……ね……ちょっと散歩しない？」

「……ええ、いいですよ」

貴子さんに連れられ、寮の近くにある松の木が立ち並んだ岸へ辿《たど》り着《つ》くと、そこから美崎海岸の青い海が一望できた。

「この場所でね、はじめて、彼と2人きりで話をしたの……ばかみたいにドキドキしちゃって……ふふ、何だか懐かしいな」

「……想い出の場所なんですね」

「ええ。でも……その想い出ともこれでお別れ……」

そう言って、しばらく地平線の遙か遠くを見つめたあと、手にしたあの小説を海に向かって放《ほう》った。

「さようなら、アタシの青春……」

そのまま2人で、本が波間にのまれて消えていくのを眺めた。

もう、これで『プロポーズ』のページだけが悲しく汚れていくこともない。

想い出に縛られることも……。

第八章　夏のはじまりⅡ

夢うつつのさなか電話が鳴っているような気がしたので、ぼんやりと目を覚ました。夢の続きではなくどうやら本当に鳴っていたので急いで受話器を掴《つか》んだ。すると、それは色が似ているだけのテレビのリモコンで、俺《おれ》は何でこんなものを手にしているのだろうかとしばらくぼんやり考えていると、微睡《まどろ》みの世界へ旅立ちそうになる。そこへ何度目のコールになるかわからない電話のベルで現実に引き戻され、慌てて電話口に出た。

「ふぁーい」

腑抜《ふぬ》けたクマのような声だった。

『もしもし、明彦？』

電話の相手が誰《だれ》だか判って、これはしまったとマジで焦った。

『ちょっと何よ、あんた、まだ寝てたんじゃないでしょうね？　もう10時よ？　まったくもう1人暮らしだからっていい加減にしなさいよ』

この時ほどNTTとグラハム・ベル博士を恨んだことは無かった。

恨んだところで、電話の相手のご機嫌が良くなるなんてことはあり得なかったので、おとなしく文明の利器に従うことにした。

『だいたい、あんた、ちゃんと家に連絡入れてる？　この前、母さんから電話があったわよ、明彦はどうしてるのって……ただでさえ料亭の方で忙しいんだから、あんまり母さんたちに余計な心配かけちゃ駄目じゃないの。あんただってもう子供じゃないんだから……

ちょっと、聞いてるの？』
志保ねーちゃんは相変わらずの息もつかせぬ勢いでまくしたてた。
今年でちょうど30才になってるはずで、姉というにはちょっと年が離れすぎているもの
だから、昔から料亭の方で手がいっぱいの母親代わりに何かと俺の面倒を見てくれていた。
しかし物心ついた時には、もう既に志保ねーちゃんというのは、俺にとって脅威的な存
在であり、志保ねーちゃんの前ではウソをつくことも悪さをすることも出来なかった。
だから、その分、志保ねーちゃんより1つ下の兄貴によく甘えていた。
母親の話では、俺は末っ子だしずっと年も離れていたものだから、志保ねーちゃんは俺
の事が可愛くて仕方がないのだという。可愛くて仕方がないとなぜ厳しいのか、子供だっ
た俺には全然チンプンカンプンだったので、姉というものはともかく怖い存在なのだとい
う事で納得したものだ。
『その様子じゃ食事もどうせインスタントばかりなんでしょう？　あんたは育ち盛りなん
だし何でも好き嫌い言わずに毎日3食食べなくちゃ駄目よ。自炊とかしてるの？』
「だ、大丈夫だって……メシぐらいちゃんと食べてるから」
『そう？　まあいいわ、とにかく話の続きはそっちに行ってからにするから……それじゃ
あ、11時頃《ごろ》には着くはずだからそのぐらいの時間に駅まで迎えに来なさい』
「へ？……え、えーと……意味がよくわかんないんだけど……」

『あんた留守電聞いてなかったの？　昨日の夜に入れたはずよ……まったくしょうがない子ね』

「ま、まさか、こっちに来るっていうんじゃ……」

『姉が弟の仕事ぶりを見に行って何がいけないのよ。それに4号店の人たちにも挨拶《あいさつ》する必要もあるし、あんた、寮の管理人さんにだってお世話になってるんでしょう？』

「そ、そりゃ、そうだけど……」

『とにかく、そういう訳だから、ちゃんと迎えに来なさいよ。逃げたら承知しないからね……それじゃあ、電車が来たから切るわよ』

受話器を置いたあと、一瞬、本気で逃げ出そうかと考えてしまったが、さすがにそういう訳にもいかないので、急いで顔を洗ってから、とにかく部屋にある変なモノ（まあ説明するまでもないけど）を片っ端からかき集めて、一旦《いったん》ベッドの下に押し込んだ。それからやっぱりこれだとすぐ見つかるよなぁと気づいて、引っ越しの時に使ったダンボールを引っぱり出し、その中にドサドサッと放り込んで、ドレッサーの下に押し込んでからようやくひと安心した。

そんなワケで服を着替えて部屋を出る頃にはもう10時30分をまわっていた。

それでも何とか言われた時間より5分ほど早く美崎駅に着いたので、我ながら自分の行動力と俊敏さに感心してしまった。

第八章　夏のはじまりⅡ

太陽の光はすっかり真夏のそれで、日陰にいないと干からびそうなほどだった。駅の反対側にある山々からは夏の日射《ひざ》しに応《こた》えるように蝉の大合唱が聞こえる。

たいして待たずに急行がやってきて、多分、この電車だろうなぁと改札口の前で待ちかまえていると、見覚えのあるスーツ姿がやってきた。

「時間通りに迎えに来るなんて、あんたにしては珍しいわね」

しばらくぶりに顔を会わせた志保ねーちゃんは、弟との再会の喜びやらカンドーも何処《どこ》吹く風といった調子で、バイトばかりで学校の課題はちゃんとやっているのかとか、夜遊びはしてないのとか、掃除や洗濯は自分でやってるのかとか矢継ぎ早に畳みかけてきた。

こういう場合、普通は、思ったより元気そうねとか、ちょっと背、伸びたわねとか言ってくるものだが、志保ねーちゃんはこういう前置きが一切無い。

「ああ、そうそう……4号店の方が人手が足りないって聞いたから、臨時のスタッフを連れてきたわよ」

この前のミーティングで、夏姫さんたちがオーナーと相談して何とかすると言っていたことを思い出した。意外と早く何とかなるもんだ。

「ふーん。また新しいバイトでも入れたの？」

「大至急って話でしょう？　即戦力にならなきゃ意味ないわよ、ほら、荷物持ちなさい」

4号店や貴子さんへのお土産などがどっさり詰まった西武の手提げ袋やら、旅行用のグッチの大きなカバンなどを手渡されながら、辺りをキョロキョロと窺《うかが》ってみる。

「それで、その臨時のスタッフとやらは？」

「さあ。さっき、一足先に駅の周りをぐるりと見てくるって言ってたから、その辺にいるんじゃないかしら？　……それより、あんた、何よその傷？」

急に怖い顔でほとんど目立たなくなったはずの目の上の切り傷をのぞき込んだ。

「ああ、これはその……ちょっと風呂《ふろ》で転んで……」

「ウソおっしゃい！　ちゃんとさとみさんから聞いてるのよ。ケンカしたんでしょう？　まったく、あんたいくつになったのよ？　まさかあんた、隠れてコソコソと裏で悪いことでもしてるんじゃないでしょうね？」

「ち、違うって、も、もう疑い深いんだから。ちゃんとマジメにやってるって」

必死に自己弁護していると誰かが、本当にマジメにやってるのかしらと追い打ちをかけた。

聞き覚えのある懐かしい声だった。でもその声の主はここにいるはずがない。

なのに振り返ると、そこには麦藁《むぎわら》帽子をちょこんと頭にのせた、あの笑顔があった。

何年も会ってなかったような、とても懐かしい顔だった。

「……高井……な、何で、お前がこんなところに」

「なによ、明彦が来いって言うから来てあげたのに……」

「そ、そりゃ、まあ言ったけど……」

まったく、志保ねーちゃんといい高井といいどうして予告無しに現れるのやら。

戸惑ってる俺を見つめて、高井は可笑《おか》しそうに笑っている。

それからちょっと改まった顔で言った。

「はじめまして。4号店の新人、高井さやかです……よろしくね」

奇跡というのは、どうやら忘れた頃に起きるものらしい。

空を仰ぐと夏の日射しがいっそう眩《まぶ》しく感じられた。


〈上巻・完〉

あとがき

『Ｐｉａキャロットへようこそ!!3』のノベルを担当させていただくにあたって、キャラクターごとのエピソードが同時系列で語られているゲーム本編を、一度解体しノベル用に単一時系列にあてはめていく形式で再構成しています。

そのため、エピソードによってはゲーム本編からかなり変更している箇所もあります。キャラクターに関しても、私なりの解釈で描写しているため雰囲気が変わってしまったものもあるかと思います。

これだけ数多くのヒロインがいると当然贔屓《ひいき》にしたくなる思い入れのあるキャラクターというものが出てきます。なるべくそうならないように全てのヒロインを敢えて平等に扱おうという姿勢でいたのですが、やはりなかなか誤魔化しは効かないようです。

そのような好き勝手なアレンジをゲームの原作者である稲村《いなむら》さんは自由にやらせて頂きました。イラストレーターの畑《はた》さんにも素敵な挿し絵を描いて頂きました。

次巻でお会いできれば幸いです。

ましらあさみ

Piaキャロットへようこそ!! 3
〜上巻〜

2002年 5 月10日　初版第 1 刷発行
2004年12月10日　　　第 3 刷発行

著　者　ましら　あさみ
原　作　エフアンドシー
原　画　畑　まさし

発行人　久保田 裕
発行所　株式会社パラダイム
〒166 - 0011東京都杉並区梅里2-40-19
ワールドビル202
TEL03-5306-6921　FAX03-5306-6923

装　丁　有限会社ネイティブランド
印　刷　新光印刷株式会社

乱丁・落丁はお取り替えいたします。
定価はカバーに表示してあります。